El regreso

El regreso

Una historia de Sunnybell

ERIN KNIGHTLEY

Prólogo de
JAMES PATTERSON

OCEANOexprés

Los personajes e incidentes de este libro son resultado de la ficción.
Cualquier semejanza con personas reales, vivas o muertas,
es mera coincidencia ajena al autor.

EL REGRESO

Título original: *The Return*

© 2017, JBP Business, LLC.

Publicado en colaboración con BookShots, un sello de
Little, Brown & Co., una división de Hachette Book Group, Inc.
El nombre y logotipo de BookShots son marcas registradas
de JBP Business, LLC.

Traducción: Lorena Amkie

Portada: © 2016, Hachette Book Group, Inc.
Diseño de portada: Kapo Ng
Fotografía de portada y contraportada: iStock / People Images

D.R. © 2018, Editorial Océano de México, S.A. de C.V.
Eugenio Sue 55, Col. Polanco Chapultepec
C.P. 11560, Miguel Hidalgo, Ciudad de México
Tel. (55) 9178 5100 • info@oceano.com.mx

Primera edición: 2018

ISBN: 978-607-527-457-7

Impreso en México / *Printed in Mexico*

Prólogo

Cuando tuve la idea de los Bookshots, supe que quería incluir historias de amor. El propósito de los Bookshots es precisamente el de ofrecer a la gente lecturas rápidas que la atrapen por un par de horas, así que publicar historias de amor parecía más que indicado.

Respeto mucho a los autores de ese tipo de libros. Yo incursioné en el género cuando escribí *Suzanne's Diary for Nicholas* y *Sundays at Tiffany's*. Aunque los resultados me dejaron satisfecho, aprendí que el proceso de escribir relatos de esa clase requería esfuerzo y dedicación.

Por eso en Bookshots quise asociarme con los mejores autores de historias románticas. Trabajé con escritores que saben cómo desenvolver emociones de sus personajes y al mismo tiempo hacen que la trama avance.

Erin Knightley y yo nos divertimos mucho trabajando en nuestro primer libro, *Learning to Ride,* así que ya estábamos listos para iniciar un nuevo proyecto juntos. Elegimos

El regreso, la historia de un vaquero y una jinete pero, en el fondo, se trata de dos personas que, a pesar de los obstáculos, encuentran el modo de reencontrarse. Notarás que Erin tiene la virtud de poner su corazón en cada palabra. Sé que te va a encantar.

James Patterson

Capítulo 1

ÉSTE ERA EL MOMENTO CRUCIAL. La última ronda de la noche.

El año en que Mack McLeroy calificó para formar parte de la gira profesional de monta de toros —las grandes ligas de los vaqueros profesionales—, tuvo una buena racha. Pero la multitud y el premio en efectivo que tenía enfrente esta noche, eran los más grandes de su carrera.

Y esta noche, él iba a ganarlo *todo*.

Hasta ese momento, Mack había tenido tres sorteos afortunados: le tocaron toros que eran lo suficientemente agresivos como para ganar puntuaciones altas, pero cuyos movimientos logró manejar a la perfección. En pocas palabras, lo estaba haciendo increíble. No sólo fueron las mejores rondas de su vida, una tras otra, sino que dos de sus rivales más experimentados se habían lastimado. ¡Qué pena por ellos!, pues ambos eran buenos vaqueros, pero eso ponía la victoria muy cerca de Mack.

La emoción corría por sus venas como una droga mientras se acomodaba sobre Hijo de Sam, para la última ronda de la noche. La bestia era tan negra como el pecado y terriblemente fea, con un par de cuernos gruesos y asimétricos que salían de su protuberante cabeza y se curvaban de forma extraña, y una cola larga y espigada que parecía haber salido de una coladera tapada.

El toro se movía en su cuadra, inquieto, y sus crines palpitaban por la tensión. Pero Mack sonrió y le dio unas palmadas al animal en la musculosa espalda.

¡Vamos!, Hijito de...

El Hijo de Sam era famoso por ser impredecible, lo cual provocaba siempre una ronda interesante y con puntuaciones altas. Mack agitó la cabeza, sus entrañas estaban inundadas de emoción. Éste sería más dinero del que la mayoría de sus amigos ganaba en tres años. Toda la gente que lo tildó de loco por poner sus ambiciones en el rodeo, estaba a punto de comerse sus palabras.

Inclinándose hacia delante, apretó la cuerda en su mano haciendo un nudo del ahorcado. Con tal cantidad de dinero en juego, planeaba quedarse atado a ese toro aunque eso lo matara. El Hijo de Sam se movía bajo su peso. Mack arqueó las cejas.

—¿Listo para bailar, Hijo? ¿Te molesta si yo te guío?

Respiró profundo, levantó el brazo libre y con un grito avisó que estaba listo. El tiempo se detuvo por un segundo o dos, y el cuerpo de Mack se preparó para la acción.

Tres, dos, uno...

El portón se abrió y el Hijo de Sam corrió al ruedo, sacudiéndose como un demonio. La multitud rugió entusiasmada al ver que el animal giraba a la izquierda para después cambiar de dirección y de movimiento, sacando a Mack de balance momentáneamente. Gracias a Dios por el nudo del ahorcado, que lo salvó mientras luchaba por volver a su posición.

Aunque se zarandeaba de un lado al otro con las sacudidas del toro, Mack logró mantener su centro de gravedad. Y luego el toro y él consiguieron, durante unos segundos, esa rara armonía en la que jinete y animal se mueven al mismo y violento ritmo. "¡Vaya que querías bailar!", pensó Mack, y sonrió por una fracción de segundo antes de que el infierno se desatara.

En un instante estaba en la gloria y al siguiente estaba cabalgando a ciegas. El equilibrio que había conseguido unos segundos antes, se había disuelto en caos instantáneo. *¿Qué demonios?* Un milisegundo más tarde, su cerebro procesó que, en el frenesí de las sacudidas, la cola del toro le había azotado la cara con la fuerza de una vara de acero. El instinto lo hizo cerrar los ojos, y eso fue lo peor que pudo haber pasado.

¡Maldito...! Antes de que terminara de maldecir, voló por los aires, sujetado por sólo una delgada correa de piel alrededor de su mano. La cosa no estaba bien, nada bien. Fue lanzado con tal impulso, que la tensa correa se rompió, y Mack estuvo a punto de romperse el brazo. Cayó hacia atrás, chocando contra el lomo del toro antes de rebotar de nuevo, como si estuviera en un trampolín.

Mientras se golpeaba contra el suelo y el toro lo sacudía por todas partes, se concentró en liberar su mano, jaloneando la maldita correa frenéticamente. Y pensar que momentos antes había agradecido ese nudo. ¿Quién diría era tan bueno anudándose? Cada sacudida lo mareaba más, desorientándolo. La sangre subía y bajaba de su cabeza como una ola.

La desesperación comenzó a punzar su cerebro mientras tensaba y aflojaba la cuerda con todas sus fuerzas. Y entonces, justo cuando estuvo seguro de que no sobreviviría, la cuerda se liberó y él salió volando.

¡Libertad!

El efecto relampagueante causado por dar saltos mortales en el aire dentro de aquel estadio tan bien iluminado habría sido muy divertido, de no ser porque ese vuelo acabaría muy, muy mal. Mack intentó controlar la caída para aterrizar sobre sus pies o a gatas. Había entrenado durante años para hacerlo, pero ¿podría lograrlo esta vez? Ahora estaba jodido.

Toda su percepción estaba alterada y sus sentidos confundidos, como si estuviera girando dentro de una secadora de ropa en ciclo rápido. Necesitaba ver, pero, por más que parpadeara con desesperación, su visión borrosa no se aclaraba. La posición de su cuerpo estaba mal en todos sentidos, eso lo sabía. Volaba como un helicóptero sin piloto, derrumbado a tiros.

Mientras se acercaba al suelo a toda velocidad, Mack casi podía escuchar al toro burlándose. Hijo de Sam: 1. Mack: 0. La próxima vez se guardaría todas sus amenazas para sí mismo. Su hombro fue lo primero en estrellarse contra el piso, pero él hizo lo posible por relajarse y dejarse llevar por el movimiento, pero la presencia de un toro bravo de 1,200 kilos complicaba bastante las cosas.

El dolor se diseminó, llegando hasta su clavícula con el ímpetu de un relámpago. *Eso va a dejar una cicatriz.* Después vino el impacto a su cadera izquierda, seguido rápidamente por sus pies, que se estamparon contra la tierra con la fuerza de una bala de cañón.

Un bramido aturdió sus oídos, aunque no supo si provenía de la multitud, del toro o de sí mismo, mientras una explosión de luces resplandecía sobre su vista. Su costado izquierdo parecía estarse quemando, pero por más que aquello doliera, sólo había un pensamiento repitiéndose en su cerebro una y otra vez: *¡Levántate! ¡Levántate! ¡Levántate!* Pero su cuerpo no respondía. El impacto lo había dejado sin aliento y entre su desorientación, sus pulmones colapsados y la agonía física, nada iba a salir bien.

Algo muy parecido al pánico se acercaba. No le preocupaba el dolor: era bastante terrible, pero había sentido cosas peores. Lo que le inquietaba era ser un blanco perfecto, paralizado para el momento en que Hijo de Sam decidiera terminar con él. Y en ese momento el endemoniado toro lo embistió.

El toro corrió hacia Mack, el más negro infierno destellaba en sus ojos. Con una puntería impecable, sus cascos delanteros cayeron sobre él como un yunque. El peso completo de la bestia aterrizó en el pecho de Mack, aplastando sus pulmones como si fueran un par de cojines viejos. La presión era indescriptible, el dolor, épico. Para la protección que le dio, su chaleco parecía de papel higiénico.

La arena se volvió más borrosa y oscura. Lo único que Mack lograba distinguir era el destello frenético de colores, mientras otros vaqueros lo rodeaban, arriesgando sus vidas para protegerlo de sufrir más daños mientras los médicos llegaban. No podía ser, ése no podía ser su fin.

Mack reunió fuerzas para intentar defenderse de la negrura que se proyectaba ante él, pero era como nadar entre alquitrán caliente. Antes de que pudiera mover siquiera un dedo, el mundo se oscureció y él cayó de espaldas en un océano de agonía.

Capítulo 2

—¡TRAIGO NOTICIAS!, junto con estas verduras frescas —anunció Laurie Beth Simmons, arqueando las cejas alegremente. Ashley Montoya sonrió ante la declaración de su amiga. Nadie sabía más chismes en Sunnybell, que Laurie Beth.

—Me sorprendería que no fuera así —dijo Ashley en tono irónico, devolviendo las papas que había estado inspeccionando. Laurie Beth se rio y apoyó su mano en su cadera.

—Bueno, ¿qué tendría yo de especial si no trajera novedades jugosas? Nadie me conocería.

—No lo discuto. Ven, vámonos de aquí para poder platicar.

Era la hora pico en el mercado de Sunnybell, y el lugar estaba atestado de gente. Ashley y Laurie Beth se dirigieron a un pasillo lateral que estaba mucho más tranquilo. Cuando se detuvieron junto a una mesa de salsas, Ashley dijo:

—Entonces, ¿qué pasó? No puedo creer que no te he visto en dos semanas.

—¡Ya sé! Como la librería de Madeleine abre la semana que

viene, ha sido una locura. Pero me alegro de ayudar, porque ahí fue donde escuché esta joya de noticia. Quería ser la primera en contarte, antes de que te enteres por alguien más.

Bueno, eso sí captó su atención. Acomodando su pesada bolsa de manta sobre su hombro, Ashley acribilló a su amiga con una mirada que le exigía hablar.

—Soy toda oídos.

Honestamente, no se le ocurría ni una sola noticia que tuviera algo que ver con ella. En los últimos cinco meses, se había esforzado en regresar a su vida de siempre: salía con sus amigas, volvió a su club de lectura y a su voluntariado en el asilo. Ciertamente no hacía nada para llamar la atención y no recordaba a nadie con quien se hubiera involucrado recientemente. Después de todo lo que vivió, los pequeños dramas del pueblo ya no le parecían importantes.

Pero de todas maneras quería saber qué pasaba.

—Estaba acomodando libros en las repisas con Madeleine y Tanner ayer en la noche... Te juro que esos dos son más dulces que el azúcar cuando están juntos... en fin. Entonces Tanner mencionó que ayer habló con Mack.

Aunque sabía que Laurie Beth la observaba, esperando su reacción, Ashley no pudo evitar arquear una ceja.

—¿Ah, sí? —dijo, intentando sonar casual, aunque la curiosidad la estaba matando.

—Ajá. Y prepárate, querida. Tanner dijo que Mack se va a mudar con su mamá por unos meses, hasta recuperarse.

El anuncio dejó a Ashley sin aliento. *¿Mack vuelve?* Sabía

del accidente, si es que montarse voluntariamente en un toro bravo puede considerarse un accidente. *Todo el mundo sabía.* Aquella noticia mantuvo girando los molinos del chisme en Sunnybell los últimos dos meses. *¿Qué hizo mal? ¿Qué había pasado? ¿Cuánto tiempo estaría fuera de combate?* Todo el mundo tenía una opinión al respecto, excepto ella.

Siempre que era posible, Ashley evitaba pensar en Mack. En su época de adolescente enamorada, pensó en él lo suficiente para toda una vida, y no le había resultado muy bien, claramente. Pero ignorarlo era mucho más fácil cuando él estaba en cualquier lugar lejos de aquí, yendo a donde quiera que los vientos del rodeo soplaran. Sus visitas ocasionales al pueblo no la perturbaban. Lo veía en el bar o en la gasolinera, llenando el tanque de la enorme camioneta que se había comprado para celebrar su llegada al top 35. Pero, ¿si se quedaba a largo plazo? Su estómago pareció caer abruptamente hasta sus pies.

Miró con valentía a los ojos verdes de Laurie Beth.

—¿Por qué ahora? La cirugía fue hace meses —preguntó.

—Él quería quedarse en su departamento de Austin, pero la señora McLeroy insistió e insistió hasta que lo convenció de venir. ¡Por Dios, no tiene nada mejor que hacer! Tanner no dijo nada al respecto, pero a mí me parece que su mamá se encargará de él y le preparará sus famosas mantecadas, que tanto le gustan.

—Pues sí, supongo que eso ayuda —dijo Ashley, y volteó, impasible, hacia la mesa de las salsas—. Seguro que ella lo va a cuidar bien.

Laurie Beth suspiró.

—No, no. A mí no me engañas, querida —se burló.

—¿Por qué? —replicó Ashley—, no le deseo mal ni nada por el estilo.

Al menos ya no.

—Ahí está, ¿ves? Siempre has sido una mejor persona que yo. A mí el tipo me cae bien, pero si me hubiera hecho lo que te hizo a ti, le habría llenado los pantalones de miel y lo habría atado a un arbusto de moras hace mucho tiempo.

—¡Laurie Beth! —exclamó Ashley mientras una carcajada escapaba de sus labios. Volteó alrededor para asegurarse de que nadie estaba escuchándola. Sabía que su amiga bromeaba, pero por Dios...— ¡Tus ex deben dar gracias de que no haya osos por aquí!

—Es una lástima —replicó Laurie Beth con una mueca malévola—. En fin. Preferí que estuvieras advertida, prevenida o algo por el estilo.

—Sí, te agradezco —suspiró Ashley, asintiendo—, por cuidarme las espaldas.

Sería bastante fácil evitarlo: sólo tenía que alejarse de los dos bares del pueblo por algunos meses. No era especialmente difícil y, además, se ahorraría aquel viejo nudo, mezcla de resentimiento y atracción involuntaria, que se formaba en su estómago cada que lo veía.

—Por favor, chica —dijo Laurie Beth, gesticulando con una mano—, nadie sabe mejor que yo lo que es tener a un ex indeseable cerca. Al menos estarás preparada cuando McGuapo haga su aparición.

El apodo hizo que Ashley emitiera una queja risueña.

—¡Por Dios, amiga, no le llames así a Mack en su cara! Con el ego que tiene, su cabeza explotaría, y no hay suficiente cinta adhesiva en todo el condado para pegársela otra vez.

—Oye, si yo me viera como él y montara como él, mi ego también sería del tamaño de Texas. Me imagino que lidiar con todas esas vaqueritas que se le ofrecen cada noche, no ayuda.

—Puaj... Podría ahorrarme esa imagen sin ningún problema —dijo Ashley haciendo una mueca. Las "vaqueritas" que iban a los rodeos estaban más interesadas en los jinetes que en el deporte, y tenían fama de no darse por vencidas fácilmente.

—Lo siento —dijo Laurie Beth—, ¿necesitas comprar algo más antes de irnos a comer?

Ashley echó un vistazo a su alrededor, y sus ojos se toparon con un puesto. Si tenía suerte, Mack y sus pantalones no se le acercarían durante su estancia en el pueblo, pero por si acaso...

—¿Sabes? —dijo, mientras caminaba hasta la mesa y levantaba un frasco con forma de oso, lleno de la delicia dorada—, de pronto tengo un antojo de miel fresca.

Capítulo 3

MACK APRETÓ LOS DIENTES mientras otra oleada de dolor lo recorría, y sus manos sujetaban el volante. Si te esfuerzas, la cantidad de insultos que se te pueden ocurrir contra un bache, el sistema de transporte y los amortiguadores del coche, resulta increíble.

Era ridículo. Ya habían pasado dos meses desde el accidente, pero cuando creía que estaba mejorando, se quedaba paralizado durante algo tan simple como ponerse las botas. Otras veces, se despertaba tan tenso como una tabla o sentía dolor por culpa de un estúpido bache del tamaño del Lago del Cráter. Se sometió a la cirugía que los médicos le habían sugerido y acudió a fisioterapia religiosamente, pero su recuperación era tan lenta, que de pronto sentía que iba hacia atrás. Las rocas avanzaban más que él.

Inhalando profundo, se concentró, con cada fibra de su ser, en evitar cualquier desperfecto de la solitaria carretera de dos carriles. Necesitaba volver al rodeo, y pronto. Ya se había gastado hasta el último centavo que tenía; incluso ya había vendido la reluciente camioneta F-250 (edición limitada con los mejores amortiguadores del mercado y remolque) que compró al poco tiempo de unirse a la gira. Lo único que lo mantenía a flote era un patrocinio y el hecho de que viviría sin pagar renta en la casa de su madre. Honestamente, aquello podía hacer sentir a cualquiera como un fracasado.

Su celular vibró y aprovechó la excusa para orillarse y tomar un descanso. Miró la pantalla antes de aceptar la llamada.

—¿Qué pasa, madre?

—Hola, cariño —replicó ella, con una voz mucho menos alegre que de costumbre—. ¿Qué tal el viaje?

—Menos divertido que comer tierra —replicó él simplemente, frotándose la espalda baja—. Voy a llegar como en una hora.

—Qué bueno... Escucha, hijo, tengo malas noticias. ¿Por qué no te detienes a un costado de la carretera? Así no tengo que preocuparme de que choques y arruines el buen trabajo que los cirujanos hicieron.

Perfecto. Justo lo que necesitaba: más malas noticias.

—Ya me había detenido —respondió con un suspiro—. ¿Qué pasa?

—Pues... quería esperar a que llegaras a casa, pero no supe si querrías llamarles antes de que cierren por hoy —dijo, y él la imaginó en casa, con el ceño fruncido—. Resulta que abrí una carta tuya que creí que era mía. No le voy a dar más vueltas: van a cancelar tu contrato.

Mack parpadeó, confundido.

—¿Cuál contrato?

—El de Sagebrush Denim. ¡Malditas víboras traidoras! Parece que encontraron una laguna en el contrato y la aprovecharon, como las ratas que son.

Mack comprendió y sintió que la sangre le hervía.

—¿Sagebrush está retirándome su patrocinio? Pero... ¿cómo? Eso no es legal. ¡Por eso tenemos un maldito contrato! —exclamó, y su estómago se entumió mientras procesaba las noticias. El accidente le había quitado todo. No iba a dejar que... No, no *permitiría* que le arrebataran eso también.

—Pues a mí me suena bastante legal. Espera, te lo leo —escuchó el sonido de papeles moviéndose y a su madre aclarándose la garganta. Ella recitó un párrafo lleno de terminología jurídica, cosa que le revolvió aún más las ideas. ¿Cuál era la esencia de todo aquello? "Su cambio sustancial de circunstancias" provocó el incumplimiento del contrato. Como si él le hubiera pedido al maldito toro que zapateara sobre su espina dorsal.

Pasándose una mano por el cabello, intentó controlar su ánimo.

—Gracias por la advertencia. Lo veré con calma cuando llegue a casa. No podré hablar con ellos hasta mañana —dijo, pensando que quizás estaría menos tentado a decir algo de lo que se arrepintiera a quienes tenían entre sus manos su futuro económico. Colgó y lanzó el teléfono al portavasos, lleno de frustración. No necesitaba esto ahora. Encendió la camioneta y volvió a la carretera desierta, camino a casa.

Mientras más lo pensaba, más se enfurecía. Iba a ponerles un límite. No había manera de que le quitaran eso. Que tuviera que retirarse por un tiempo no significaba que ya no era un jinete profesional de toros "con la pinta de David Beckham" que el director de marketing había alabado tanto. Tenían una sesión fotográfica agendada para el mes entrante y, lloviera o relampagueara, él estaría ahí, ganando los fondos que le habían prometido.

No tenía idea de cómo lo haría, pero la desesperación suele hacer que uno logre cosas que otros juzgarían imposibles, y él estaba ciertamente desesperado. Se presentaría en sus oficinas, si era necesario. Los impresionaría con un par de abogados. Recurriría a todos sus contactos. Esa idea lo hizo hundir el pie en el freno, levantando una polvareda que envolvió toda la camioneta.

"Todos sus contactos". No tenía que sacar un directorio telefónico para empezar a hacer llamadas: conocía a alguien que estaba relacionado directamente con Sagebrush: la sobrina del director general, Ashley Montoya.

Se talló los ojos con una mano, reprimiendo un lamento. Un amigo le había dicho alguna vez que, con sus encantos, él podía convencer a un puerco espín de quitarse las púas. Pues más valía que eso fuera cierto, porque todo indicaba que debía ganarse a la chica más exigente que conocía. Inhaló profundamente, apretó el volante y se dirigió a Sunnybell.

*

Cinco meses eran suficientes. Ashley respiró hondo mientras examinaba la habitación vacía y estéril en la que no había entrado por casi medio año. La parte de su vida que ésta simbolizaba había llegado a su fin, y era hora de mirar al futuro. No estuvo todo ese tiempo hundida en la autocompasión, no. Había hecho un esfuerzo consciente por salir y divertirse, mantenerse ocupada en la casa y vivir lo más normal posible, pero eso la mantenía exclusivamente en el presente: no había comenzado a soñar con el futuro otra vez, a aspirar a algo.

Lo comprendió durante un instante el día anterior, cuando estaba con Laurie Beth. Su amiga habló de la librería con la que Madeleine Harper había soñado por tanto tiempo, y cómo ella había convertido ese sueño en una realidad con un poco de dinero, bastante trabajo y mucho, mucho entusiasmo. Ashley estaba emocionada por su amiga y también muy impresionada. Pero había sentido un pinchazo en la barriga, y sabía que era envidia.

Había hecho a un lado sus propios sueños por cinco años, y nunca se imaginó lo difícil que sería reavivarlos. En aquellos tiempos, estaba llena de pasión, lista para enfrentarse a la vida con el ímpetu de una adolescente ingenua. ¡Cuánto habían cambiado las cosas desde entonces! Todos sus sueños sonaban tontos para una mujer de 23 años, en especial, tomando en cuenta todo lo que había pasado.

Su sueño era convertirse en una campeona de carrera de barriles, pero dedicarse a eso ahora parecía absurdo. No conocía a nadie que perteneciera a ese mundo ni sabía cómo involucrarse en él a su edad. Sus opciones secundarias tampoco eran mucho mejores. La idea de ir a la universidad en este momento casi resultaba de mal gusto, y sus días en el circuito de concursos de belleza ya habían quedado en el pasado, así que ¿dónde estaba ahora?

Negó con la cabeza. Aquella era una preocupación para después. Hoy, al fin había llegado el momento de dejar el pasado atrás. Miró una vez más al mural de la pared, abrió la lata de pintura, llenó una bandeja y empapó el rodillo. Respiró hondo y trazó una gruesa línea de color azul pálido justo en el centro.

Ya está. Lo hizo.

No se permitiría llorar. En vez de eso, sonrió y pintó otra franja sobre la amada escena que su madre y ella habían pintado, cinco años atrás, directamente sobre la pared. Se sentía sorprendentemente bien, era terapéutico. Se inclinó para remojar el rodillo, en eso sonó el timbre. ¡Diablos! Había olvidado que las vitaminas de Mía llegaban hoy. El veterinario le había prometido entregárselas en persona ya que pasaría por un rancho cercano para atender a una yegua preñada. Dejó el rodillo y se apresuró hacia el frente de la casa. Abrió la puerta.

¿Qué demonios?

Ashley miró la sonrisa de su visitante y su estómago dio una voltereta para luego caer hasta sus pies. Entonces, soltó la puerta, que se cerró dando un azotón.

Capítulo 4

ASHLEY GIMIÓ, recargada sobre la madera, y deseó haber ignorado el timbre para continuar con su pintura. Al menos debió revisar por la mirilla quién era antes de abrir la puerta. Tras su reacción, cabía la posibilidad de que él entendiera la indirecta y la dejara en paz. O no...

—Vamos, Ash, no seas así —dijo Mack. Su voz, tersa como mantequilla derretida, se oía a través de la gruesa placa de roble sólido—. Podemos hablar como adultos.

Ésa era su suerte. Habían pasado años, y ahora que estaba ahí, en su portal, ella vestía unos pants viejos, una camiseta sucia y tenía el oscuro cabello enredado en un desordenado chongo. No es que le interesara su apariencia. Lo que importaba era que él la interrumpió a la mitad de una labor personal muy significativa. Eso, sin mencionar que se había aparecido ahí, sin avisar siquiera; prácticamente acechándola en su propio territorio.

No estaba de humor para lidiar con él en ese momento.

Pero a pesar de lo mucho que quisiera que se fuera, su mirada dejaba claro que tenía una misión en mente, y no se iría hasta conseguir lo que buscaba. Así que, suspirando ruidosamente, abrió la puerta.

—Muy bien —dijo fríamente—, habla.

Los labios de Mack se convirtieron en una sonrisa que él consideraba irresistible. Desafortunadamente, Ashley había desarrollado inmunidad a sus encantos años atrás. Aquellos ojos verdes y esa perfecta mandíbula no surtían efecto sobre ella. No, señor.

—Cuánto tiempo, Ash. Te ves muy bien.

—Me viste hace tres meses —replicó ella, impasible. La expresión de él no cambió.

—Pero la penumbra de los bares no te hace justicia. La luz del sol hace brillar tu belleza —dijo Mack, mientras ella comenzaba a cerrarle la puerta en la cara, pero él levantó las manos en son de paz—. Está bien, está bien, iré al grano. ¿Puedo entrar? —preguntó, arqueando las cejas en señal de súplica. Algo traía entre manos. Estaba tan interesado en su belleza diurna como ella en las características de la araña saltarina de Tanzania.

—No creo —dijo Ashley, negando con la cabeza. No cedería ni un milímetro—. En el porche o nada.

—Pues en el porche está bien —replicó él, sonriendo como si quedarse afuera hubiera sido su decisión desde el principio. Caminó hasta las mecedoras junto al ventanal, y señaló la más alejada—. ¿Nos sentamos un rato?

—Tic, tac. Tengo cosas que hacer, Mack. Así que dime qué quieres de una vez o sigue tu camino —dijo ella, alegrándose al ver que, él apretaba más y más la mandíbula, y los músculos de sus mejillas se tensaban. Bien... que de una vez se diera cuenta de que ella no estaba jugando. Se podría haber sentido un *poquito* mal por ser tan fría, pero él vino sabiendo que no estaba invitado y que no era bienvenido. Mack bajó las manos hasta sus caderas y enganchó los dedos en las trabillas del cinturón.

—Tengo que pedirte un favor.

—¿Ah, sí? —preguntó ella, súbitamente atenta—, ¿y desde cuándo tengo algo que tú quieres?

¡Guau! Eso había sonado tan mal, que Ashley le ordenó a sus mejillas no sonrojarse. Ella no quería que Mack notara ni una pizca del interés que había sentido por él cuando estaban en la preparatoria. Por un segundo pareció que él iba a morder el anzuelo, pero por suerte se encogió de hombros y dijo:

—Desde la carta que recibí ayer.

Eso incitó su curiosidad. Ashley caminó hasta las mecedoras y se dejó caer en la más cercana. Él la imitó, sentándose en la otra con movimientos sorprendentemente rígidos. Por primera vez, Ashley se preguntó qué tan lastimado estaba en realidad. ¿Trataba de chantajearla? Era posible, pero no le pareció así.

—Volver al rodeo me va a tomar más tiempo de lo que pensé —dijo él, como si le hubiera leído la mente—, esta maldita lesión me dejó muy jodido.

—Supe de aquel accidente. Siento mucho saber que te causó problemas.

—"Problemas" es una manera suave de decirlo —dijo él, pasándose una mano por la barba de un par de días, antes de mirarla a los ojos—. La verdad es que, por el momento, perdí la posibilidad de ganar dinero cómo sé hacerlo: con la ganadería y montando toros.

—Como te dije, siento mucho escucharlo, pero no entiendo qué tiene que ver conmigo. No estoy contratando empleados y no conozco a nadie que lo haga —dijo ella. Volver a sentir su intensa mirada verde resultaba desconcertante. Y la estaba tomando en serio, cosa que ella no lo creía capaz de hacer. Pero se negaba a dejarse embaucar.

—No vine para eso. Estoy aquí porque ayer recibí una carta de parte de mi patrocinador, diciendo que me quitarán el apoyo financiero, y no puedo permitir que eso pase.

Ashley se tensó. Sabía perfectamente quién era su patrocinador y casi podía adivinar hacia dónde se dirigía la conversación.

—Pues mucha suerte con eso —le dijo. Iba a levantarse, pero él posó una mano sobre la suya, deteniéndola con nada más que su tibio contacto. Titubeó por un momento y volvió a sentarse, diciéndose que el vacío que sentía en el estómago tenía que ver con el movimiento de la mecedora y no con sentir la piel de Mack contra la suya por primera vez, luego de varios años.

—Vamos, Ashley. Sé que sabes a dónde va todo esto —dijo

él suavemente. Levantó la mano, se quitó el sombrero, lo puso sobre su rodilla y pasó los dedos por su cabello castaño claro—. Sin importar lo que hayamos vivido en el pasado, seguimos siendo miembros de la comunidad de Sunnybell, y la gente de por aquí se apoya entre sí.

—Lo siento, pero yo no puedo ayudarte —dijo ella enfáticamente, liberada de su breve momento de locura.

—Claro que puedes. No tengo que decirte que mi patrocinador es Sagebrush Denim ni que tu tío dirige la maldita compañía. Una palabra tuya y respetarán el contrato.

Ashley apretó los dientes. Él no sabía lo que estaba pidiendo en realidad. La relación de Ashley con su tío tenía menos de cinco meses; lo último que quería hacer era pedirle favores a un hombre que la había ignorado la mayor parte de su vida. Las cosas estaban demasiado complicadas por ahora.

—No es tan sencillo. De verdad siento que estés pasando por un momento difícil, Mack, pero no puedo ayudarte.

Él suspiró y se frotó la cara con la mano, evidenciando su frustración.

—Estoy poniendo todas mis cartas sobre la mesa, Ash. Todo lo que siempre quise en la vida me fue arrebatado en un estúpido segundo. Me he gastado hasta el último centavo, de verdad *necesito* ese dinero. Trata de imaginarte, por un momento, que todo lo que amas en la vida se te vaya en un instante. ¿Puedes...?

El silencio se instaló entre ellos y Ashley notó el instante exacto en que Mack se dio cuenta de lo que había dicho. Una amarga carcajada brotó desde algún lugar profundo de su ser.

—¿Sabes, Mack? Sí puedo. No estoy segura de que lo recuerdes, pero mientras tú vivías la vida de ensueño de vaquero, viajando por todo el país, rodeado de toros y vaqueritas; yo estaba aquí, en el viejo Sunnybell, viendo cómo mi mamá perdía la batalla contra la esclerosis. De modo que sí, algo sé de pérdidas y sueños rotos.

Ashley abandonó todo para estar con su madre tras recibir el diagnóstico. Era joven, estaba asustada y determinada a pasar cada minuto que le quedara con ella. Sus amigas se habían portado maravillosamente, pero nadie podía entender qué tanto le cambiaba la vida a alguien una enfermedad así.

En los meses posteriores a la muerte de su madre, logró una especie de normalidad, pero no pudo volver a ser la persona que era antes del diagnóstico.

—¡Uf!, no sé cómo voy a caminar con la pata tan metida en el lodo —dijo él, con una mueca apenada.

—Bueno, me imagino que tienes bastante experiencia.

—¡Oye! —protestó Mack, fingiendo estar ofendido—. Para que sepas, la mayoría de la gente piensa que soy muy encantador y agradable.

—La gente es muy ilusa, ¿no?

Él rio, pero las líneas de preocupación de su frente no se relajaron.

—Entonces, ¿qué puedo hacer para convencerte de ayudar a tu prójimo? Queda claro que no puedo sobornarte, así que tal vez pueda hacerte un favor, ayudarte con algo que puedas requerir de mí.

Sería interesante que Mack anduviera por ahí debiéndole un gran favor. Esta era la conversación más cordial que habían tenido en años, pero sólo porque él necesitaba algo. Era muy tentador, eso sí, pero no valía la pena si implicaba la incomodidad de hablarle a su tío.

Abrió la boca para negarse, pero en ese instante le vino una idea. Cerró los labios mientras le daba vueltas en su cabeza. ¿Sería su oportunidad de revivir aquel viejo sueño del pasado? Hacía una hora, eso parecía totalmente inalcanzable, pero ahora ahí estaba: ese suplicante vaquero tenía más contactos en el mundo del rodeo que ningún otro conocido suyo.

Su pulso comenzó a acelerarse mientras la posibilidad se materializaba en su cerebro. Era una locura rotunda pero, ¿no llevaba meses buscando algo que llenara el vacío que la muerte de su madre dejó en su vida? ¿Acaso no estuvo preguntándose qué haría con sus días, minutos atrás? Bueno, pues ahí estaba su oportunidad.

—Está bien, Mack. Voy a apoyarte —declaró, levantando una mano cuando vio que sus ojos se iluminaban—, pero sólo si tú me ayudas a mí.

Capítulo 5

EL ALIVIO RECORRIÓ A MACK de pies a cabeza. ¡Gracias a Dios! Le sonrió largamente y evitó soltar un grito de alegría que se asomaba en la punta de su lengua.

—Lo que tú quieras, preciosa —dijo él con su acento sureño, preparado para hacer cualquier cosa que no fuera ilegal. Incluso había límites que estaba dispuesto a cruzar por ella, la verdad sea dicha.

—Quiero que me ayudes a abrirme camino en las carreras de barriles.

Se enderezó, sorprendido, y el movimiento envió una llamarada de dolor a su columna.

—¿Que haga *qué*? —exclamó. Seguro no la había escuchado bien. Ella se inclinó hacia delante en su silla, con un entusiasmo que iluminaba sus ojos cafés. Últimamente la había visto mirar así a sus amigas, pero hacía años que él no recibía una mirada así.

—Tú quieres que hable con mi tío. Yo quiero que tú me

ayudes a entrar al mundo del rodeo para competir en las carreras de barriles. Es un intercambio justo de contactos, ¿no te parece?

No, a Mack no le parecía equitativo en lo más mínimo. Ahí estaba él, un jinete de toros profesional, forzado a retirarse temporalmente; y ella quería convertirlo en qué, ¿su representante? ¿En una especie de animador? ¿Acaso había corrido siquiera una vez en su vida? Sí, recordaba que le gustaba montar cuando iba en preparatoria, pero entre eso y las carreras había un mundo.

Si pensaba que podía llegar así, como si nada, a una competencia simplemente por asociar su nombre al de él, estaba loca. Sería un hazmerreír y él también. Pero, sobre todo, si él no podía montar —y no tenía la esperanza de hacerlo en mucho tiempo—, el último lugar en el que quería estar era en el rodeo. Punto.

—A ver, inténtalo de nuevo, pero esta vez con algo más o menos razonable —dijo. Ella entrecerró los ojos y se puso de pie.

—¿Razonable? ¿Así como pedirle a una mujer a la que dejaste, que hable con su tío con quien no tiene relación? ¿A la misma que encontró a Shelly Davidson enredándose en ti como una boa constrictor y luego tuvo que caminar a casa porque las llaves de su coche estaban en tus jeans, que casualmente en ese momento estaban entre tus tobillos? ¡No sé si pueda pensar en algo *así de razonable*!

Ahí estaba. Lo había dicho. Él suprimió un quejido y se puso también de pie.

—¡Éramos unos adolescentes, Ash! Yo era un idiota de diecinueve años y tú tenías sólo diecisiete. Francamente, deberías estar feliz porque te dejé antes de ir a acostarme con Shelly. ¿No es mejor eso que ser engañada?

—No. Lo mejor habría sido nunca involucrarme con un tipo de tu calaña. Por suerte, mi mamá me enseñó que nunca es demasiado tarde para corregir un error —dijo, caminando hasta la puerta y poniendo la mano en la manija—. Buena suerte encontrando una salida para tu desastre.

Abrió la puerta, puntualizando su declaración con una inclinación de cabeza, y se metió a su casa con su bonita nariz mirando hacia arriba. Mack se mesó el cabello con las manos y gruñó. Aquello no resultó como esperaba. Se aplastó el sombrero en la cabeza y miró su camioneta a lo lejos. Un hombre tenía sus límites, y ella había sobrepasado los suyos. Mientras bajaba los escalones del porche, el maldito nudo volvió a su pecho, más grande que nunca.

¡Al diablo! Tenía su orgullo, pero también tenía una cuenta de banco vacía y la perspectiva de volver a vivir en casa de sus padres. Cuando sus botas llegaron al último escalón, se dio la media vuelta y miró aquella puerta cerrada. Necesitaba que ella hablara con su tío más que guardar las apariencias. Soltando un pesado suspiro, regresó.

*

El golpe en la puerta sonó menos de un minuto más tarde. Ashley decidió hacerlo sudar un poco. Se dirigió a la cocina y se sirvió un vaso grande de té helado antes de deambular tranquilamente hasta la puerta.

—¿Sí? —dijo, abriendo apenas lo suficiente para asomar la cabeza. Él se veía como si acabara de comerse un pedazo de pastel de humildad y se lo hubiera pasado con un vaso de agua de limón muy amarga.

—Está bien. Acepto tus términos con una condición: que hables con tu tío primero.

—Naaaah.

Mark frunció las cejas.

—¿Cómo que "nah"?

—Lo que oíste. No vas a volverme a dejar a la mitad de algo otra vez. Hablaré con mi tío *después* de que me hayas ayudado a prepararme y participar en tres competencias.

—¿Tres? —exclamó él, claramente consternado—. Eso es un gran salto de "un intercambio justo" a chantaje puro y duro. Sabes que no puedo esperar tanto.

—Yo diría que es más cercano a un rescate que a un chantaje. Y no creo que obtengas un trato más justo de ninguna otra chica abandonada —concluyó ella, y sonrió dulcemente antes de tomar un gran trago de té.

Ah, qué bien se sentía llevar ventaja sobre él finalmente. Más allá de eso, tener un plan después de tanto tiempo la hacía sentir feliz, casi al borde del vértigo, y le tenía sin cuidado lo mucho que él intentara pelear. Ella haría eso con o sin él. Aunque ahora ya sabía que sería *con él*. Lo conocía tan bien, que estaba segura de que aceptaría. No sería tan bueno como su antigua mentora, pero era lo que había. Levantó un dedo mientras bebía y agregó:

—Y no he terminado; tienes que organizar lo necesario para los tres eventos, acompañarme a cada uno, estar disponible para arreglar cualquier situación que surja, ah, y presentarme a tus contactos.

Con cada nueva demanda, la mandíbula de él parecía apretarse más y más.

—Por si no me escuchaste la primera vez, no puedo esperar tanto tiempo, y mucho menos viajar a tres diferentes locaciones. Te ayudaré a entrar y competir en *un* evento, eso es lo único que puedo hacer.

—Tres —negó ella con la cabeza, sonriendo con fingida amabilidad—. Yo cubriré los gastos de los viajes y los accesos, pero fuera de eso, Mack, *tú me debes a mí*. La primera competencia es por dejarme, la segunda por romperme el corazón y la tercera por la conversación con mi tío.

—Pero...

—No es negociable. Tómalo o déjalo —dijo ella.

Prácticamente podía ver cómo a Mack le salía humo de las orejas. Quería discutir, todo su rostro lo exhibía, pero la determinación de Ashley lo frenaba. Se quedó ahí, de pie, por un momento, maldiciéndola por dentro en todos los idiomas que conocía y también en los que no. Hasta que al fin asintió de forma cortante.

—Está bien. ¿Estás segura de que tienes los fondos para cubrir todo? Los viajes, las habitaciones y las cuotas de inscripción no son baratos.

—Lo tengo cubierto —aseguró ella. Cuando él arqueó una ceja, escéptico, explicó—: mi mamá tenía un modesto seguro de vida.

Mack se cruzó de brazos, estirando la camisa de algodón a cuadros, que se ajustó a sus bíceps.

—Bueno, pues será mejor que te cambies. No voy a sellar el trato hasta verte montar —anunció.

—¿Ahora mismo? —preguntó Ashley, abriendo la puerta un poco más e inclinando la cabeza a un lado. Eso sí que no se lo esperaba. Él sonrió duramente y señaló el granero.

—No hay como el aquí y ahora, princesa.

¡Puaj! Odiaba ese apodo. Los chicos la llamaban así desde que ganó su primer concurso de belleza Miss Sunnybell, muchos años atrás. No era más que una inocente broma, pero siempre lograban enfurecerla. Cuando era niña evitaba demostrar cuánto le molestaba, y ahora tampoco lo haría. Giró para dejar su bebida en la mesita del pasillo con un movimiento decidido, sacudió las manos y sonrió.

—Sin duda, vaquero. Déjame ir por mis botas.

Capítulo 6

RECARGANDO LOS BRAZOS sobre la cerca, Mack esperó a que Ashley saliera del granero sin dejar de darle vueltas al asunto. Quizá no pudo negociar con ella, pero estaba listo para destrozar su manera de montar. No había forma de que estuviera lista para algo tan serio como una competencia. En el fondo, era más decoroso: nadie querría quedar en ridículo frente a una multitud. Sí, iba a salvarla de sí misma.

Al fin apareció, sentada sobre una yegua castaña. Debía tener un par extra de pantalones guardados en el granero, pues se había cambiado los pantalones deportivos manchados de pintura por unos jeans ajustados que mostraban perfectamente qué tan largas y esbeltas eran sus piernas. Al menos tenía pinta de vaquera, aunque eso no sirviera para nada.

La siguió mientras ella guiaba al caballo al otro lado del granero, donde una cerca de metal delimitaba un potrero bastante bien cuidado. Él parpadeó cuando se dio cuenta de que ahí había tres barriles azules bien acomodados. ¿Tenía un campo de práctica?

—A ver, vaquero, ¿tú llevas el cronómetro?

Comenzaba a sentir que ella lo había engañado de alguna manera. Avanzó un poco, sacó el teléfono de su bolsillo y buscó la aplicación del reloj.

—Cuando quieras —dijo, con el pulgar justo sobre el botón de inicio.

Un segundo más tarde, ella arrancaba, espoleando al caballo hacia delante con un evidente control. El par corrió hasta el primer barril y Mack observó, atónito, cómo el caballo lo rodeaba con menos margen que un auto deportivo italiano en una carretera.

Ashley espoleó al caballo hasta el segundo barril, pasaron corriendo junto a él y galoparon hacia el tercero. Se veía tan en control como algunos de los mejores jinetes que él hubiera visto a lo largo de los años. Su expresión estaba enfocada y su concentración era total. La comunicación entre ella y el caballo era tan natural, que quedaba claro que habían hecho esto mil veces.

En cuestión de segundos volvió a la entrada, su cabello ondeaba como una bandera de la victoria. Se veía absolutamente hermosa, más todavía que cuando iba en preparatoria, que era mucho decir. En ese entonces, era la chica más bonita que él hubiera visto. No pudo evitar preguntarse cómo se sentiría tenerla abrazada contra su cuerpo. Contempló cómo ella se movía sobre su montura y tragó saliva. Podía apostar a que se sentiría muy bien.

Cuando se detuvo junto a él, jadeando y sonriendo de una forma que recordaba sus tiempos como reina de la belleza, él miró los números congelados en la pantalla de su teléfono. Soltó un silbido: no intentó siquiera disfrazar su admiración.

—¿Dónde demonios aprendiste a montar así? ¿Y de dónde rayos sacaste un caballo de primer nivel para carreras de barril? —exclamó. Por alguna razón se sentía estafado. Ashley desmontó y le dio una palmada a la yegua en el flanco. Se veía tan estúpidamente complacida consigo misma, que él estuvo a punto de sonreír.

—Nuestra vecina anterior, Loretta Hayworth, era campeona de carreras de barril en su juventud. Yo la veía y me maravillaba, y un día se ofreció a enseñarme. Era una mujer muy dulce y aprendí mucho de ella. No tengo ni idea de por qué se encariñó así conmigo, pero me alegra mucho que lo haya hecho.

A pesar de que eso lo había llevado al predicamento en que ahora se encontraba, también se alegraba por ella. Era evidente que Ashley tenía un talento natural para ese deporte.

—¿Y el caballo? —inquirió él. Ella mostró una sonrisa tan suave y dulce, que hizo vibrar el corazón de Mack. Era la misma sonrisa que lo había pateado en el pecho la primera vez que la había visto y que le provocaba abrazarla. Metió las manos en los bolsillos. ¿De dónde surgía aquella sensación?

—También fue de Loretta —replicó Ashley, sin notar en

absoluto lo que había incitado en él—. Mía es descendiente de su caballo. Loretta sabía que vendí el mío para pagar las cuentas médicas, y cuando decidió mudarse a una residencia cerca de su hijo, en Austin, ofreció venderme a Mía. Yo no tenía el dinero, claro, pero ignoró todos mis pretextos. Dijo que Mía sería para mí por doscientos dólares, mientras prometiera cuidarla bien.

—Debe ser una mujer increíble —murmuró Mack, moviendo la cabeza. El caballo debía valer decenas de miles de dólares.

—Lo era —respondió Ashley en voz baja, y él no tuvo que preguntar nada para saber que Loretta ya había fallecido también—. Es el mejor regalo que pudo haberme dado. Mamá empeoraba más y más, y yo venía aquí cada noche, cuando ella dormía y, si el clima lo permitía, Mía y yo corríamos.

La mirada de Ashley se topó con la de Mack y él percibió la fortaleza detrás de sus ojos de gacela.

—Era un escape de la realidad, tan simple como eso. Cuando veníamos aquí, el resto del mundo estaba a oscuras y en calma, y yo podía creer que no había nada más allá de las luces de este potrero. Éramos sólo yo, Mía, la tierra y los barriles. Era sólo el ritmo de nuestros cuerpos, el sonido del viento en mis oídos y la euforia de sentir que volaba —dijo. Soltó una pequeña risita y echó un vistazo a los barriles—. Siento que podría correr esta pista con los ojos vendados. Es más, vendando los ojos de las dos, con todo y los cambios que hago de cuando en cuando para mantenerla alerta.

Por segunda vez en menos de cinco minutos, Mack se inclinó hacia ella, queriendo consolarla aun cuando su hora más oscura ya había pasado. Deseó que fuese igual para él. El pensamiento lo devolvió a la realidad en un instante. Estaba ahí sólo porque era su última opción. Necesitaba la ayuda de Ashley, y ella había aprovechado la oportunidad de esa circunstancia, cosa que debía recordar, fuera o no una buena jinete.

—Bueno, pues gracias por la demostración —dijo, tras aclarar su garganta y dar un paso atrás. La frente de ella se arrugó de preocupación: era obvio que Ashley esperaba una respuesta más efusiva de su parte. Pero Mack quería que ella se sintiera tan vulnerable y descolocada como él. Quizás así lo pensaría dos veces antes de forzarlo a hacer algo. Aprovechando su sorpresa, añadió—: voy a pensarlo muy bien y te aviso mañana, en algún momento.

Aunque él estaba resignado a aceptar, Ashley no tenía por qué saberlo todavía. Inclinó la cabeza brevemente, giró sobre sus botas y avanzó hasta su camioneta, manteniendo la mirada hacia el frente a propósito. Podía sentir el calor del sol texano en el pecho y el hielo de la mirada de ella en la espalda mientras caminaba. Si se ponía a trabajar de inmediato, podía terminar con todo el asunto en un par de semanas. El truco estaría en que no se mataran uno al otro en el proceso.

Capítulo 7

EL SUDOR CAÍA de la frente de Mack, empapando todavía más su camiseta y humedeciendo el tapete de goma negra que estaba a sus pies. Tomó su botella de agua y le dio unos tragos, ignorando las furiosas protestas de sus músculos, huesos y columna.

Sin dolor no hay resultados, se repitió, y aunque no era más que una frase trillada que se usaba en los deportes, él había descubierto, a lo largo de los años, que era cierta. No podías montar toros si no estabas dispuesto a continuar una y otra vez; después de torcerte, fracturarte, lesionarte, tener concusiones y fracturas por compresión torácica. Él había sufrido todas esas cosas juntas en una sola caída dos meses atrás.

Seguía negándose a creer que las terribles predicciones del doctor Simpson pudieran convertirse en realidad. Simpson era el doctor más confiable en el mundo del rodeo, ya que había sido jinete en su juventud, y le había dado una lista kilométrica de advertencias y prohibiciones. Mack detestaba estar fuera del juego, *lo odiaba*. A pesar de las estimaciones médicas, estaba seguro de que el descanso, la rehabilitación y la fuerza de voluntad, lo pondrían sobre el lomo de un toro en cuatro meses o seis, máximo. Éste era un caso más de mente sobre cuerpo.

Por eso no le había dicho a nadie de la sensación de adormecimiento en sus manos. Hablar de ello sólo lo haría real; y por ahora podía convencerse a sí mismo de que se trataba de un efecto secundario pasajero, eso era todo. La verdad, ésa era la lesión que más le preocupaba. Podía resistir el dolor y la agonía, pero si no podía recuperar su agarre, de nada valdría volver al ruedo y montarse sobre la espalda de un toro.

Dejando de lado la botella vacía, se pasó una toalla sobre el rostro y se acostó sobre la banca. Tenía que convencerse de que las cosas se arreglarían cuando su cuerpo sanara. Se negaba a considerar cualquier otra opción. Por supuesto, no importaba qué tan rápido se recuperara, no sería suficientemente pronto para que el jefe de Sagebrush cambiara de opinión.

Esa línea de pensamiento lo llevó a Ashley y volvió a ver, nítidamente en su mente, la sonrisa de satisfacción que le lanzó tras su demostración. Malditas carreras de barriles. Necesitaba su ayuda, pero la idea de convertirse en su lacayo hacía que todo su cuerpo se encrespara. Había trabajado y entrenado la mitad de su vida para ganarse el derecho a correr con los grandes y ahora ahí estaba: haciendo de niñera para su noviecita de la preparatoria. Ashley lo tenía atrapado y lo sabía. Al menos era buena, *jodidamente buena*, pensó, dándole el crédito que merecía. Habría sido doblemente humillante ser el mentor de una novata, así que al menos tenía eso.

Se incorporó sobre la banca, sacó su teléfono y buscó el número de Ashley. Un día completo de silencio total había sido suficiente. Era hora de ponerse a trabajar.

*

No importó que el celular de Ashley emitiera un suave zumbido y no una ruidosa sirena: brincó al escucharlo y estuvo a punto de dejar caer su brocha. La colocó sobre la bandeja de pintura y corrió por toda la habitación, alegrándose de que no hubiera nadie por ahí para verla hacer el ridículo. No solía estar así de tensa pero, ¡caramba!, Mack se había tomado su tiempo para buscarla. Habían pasado más de 24 horas desde que se había ido de su porche y ella había revisado su estúpido teléfono diez veces por hora. No era su estilo obsesionarse, pero ¡se sentía tan viva!, nerviosa, preocupada, fascinada y otras mil emociones.

Perseguir su sueño de competir era lo correcto. No se había dado cuenta de eso hasta que vio la mirada de admiración en los ojos de Mack después de su carrera. Aunque había deseado que él estuviera fuera de su vida por muchos años, estaba ridículamente feliz de que hubiera ido a su casa el día anterior. Podía sufrir su presencia por unas semanas si eso significaba que redescubriría su pasión verdadera. Después de todo, la casualidad la hizo creer en el destino. Justo cuando ella tomó el la gran decisión de pintar el mural que su madre y ella habían creado juntas, la oportunidad llegó tocando a su puerta.

Aquella pared le recordaba el dolor y la tristeza que había sufrido a lo largo de los últimos años, aunque las memorias de amor de su madre estuvieran mezcladas entre aquellas emociones. Cuando pintaron el mural, éste fue una manera de aceptar el futuro con los corazones abiertos de par en par. Ambas sabían que su madre estaría cada vez más confinada a la casa, a su recámara, incluso a su propio cuerpo, por eso decidieron traerle aquí el mundo.

La imagen que habían elegido era el lugar favorito de su madre: un viejo estanque cerca del hogar de su infancia. Cuando esas cuatro paredes se convirtieron en el único lugar donde podía estar, ver el mural le traía paz y alegría. No le era fácil expresar sus sentimientos en los últimos días, pero Ashley podía ver cómo una tranquila felicidad brillaba en los ojos de su madre cuando miraba la pintura que habían creado juntas.

Después del funeral, Ashley no quiso entrar a la recámara y, cuando al fin se atrevió, no deseaba salir. Miraba y miraba el mural, anhelando que su madre estuviera todavía con ella. El problema fue que en algún momento se volvió difícil recordar cómo era su madre cuando estaba sana, antes del mural.

Ahora, éste representaba la enfermedad y el dolor. Que Mack apareciera en su portal en el momento exacto en que ella al fin se decidía a despedirse de esa parte de su pasado, le parecía importante; era cosa del destino, era una oportunidad que no tenía intención de desperdiciar. Tomó su teléfono y leyó el mensaje:

Llego en una hora. Prepárate.

La sonrisa que se formó en sus labios no lograba representar la felicidad que bullía dentro de ella. *Ah, Mack, he estado lista por años*, pensó, mientras se apresuraba a limpiar las brochas y rodillos. Sí, estaba lista. Sólo que hasta ahora lo sabía.

Capítulo 8

—VAMOS, PRINCESA. ¿Qué haces ahí? ¿Preparándote para el desfile en vestido de gala? ¿O qué?

Mack fue retribuido con una mirada asesina de Ashley, que estaba arreglando su sombrero para ponérselo sobre el cabello trenzado.

—Para tu información, mi calcetín se había hecho bolas en mi bota. Mía y yo llevamos media hora calentando en lo que tú llegabas, y se fue desacomodando —replicó, furiosa. Los labios de él se tornaron en una perezosa sonrisa. Su objetivo de aquella mañana era molestarla un poco para ver cómo actuaba bajo presión. Evidentemente, había empezado bien.

—Ajá... Dios nos libre de montar con una incomodidad tan terrible como calcetines hechos bolas —se burló, aunque ver su cuerpo inclinado y acomodándose las botas no le molestaba en absoluto. No en vano había sido reina de belleza todos esos años: más allá de su carácter espinoso, era simplemente hermosa, desde cualquier ángulo.

Poniendo los brazos en la cintura, Ashley lo miró con la barbilla alzada.

—No te alteres, vaquero. Ya sé que para ustedes puede ser difícil de entender, pero la mayoría de la gente prefiere estar cómoda para montar.

—Ah, princesa, perdóname por meterme con tu comodidad —replicó él, levantando las manos en falsa rendición—. ¿Necesitas manicura, ya que estamos en eso? ¿Un vasito de limonada fresca para tu pobre garganta?

—¿Qué tal unos tapones de oídos? —contraatacó ella, arqueando una ceja desafiante. Bajó de su caballo saltando con la gracia de una bailarina y agregó—: O podrías dejar de lloriquear y dejarme montar.

Aunque lo incomodaba estar ahí, Mack no pudo evitar sonreír. Ashley no había reaccionado mal. Fue mucho más fácil descontrolarla en la preparatoria. Recordó lo dulce que era a esa edad, y su aura de inocencia que lo hacía sentir culpable por los impuros pensamientos que lo acometían al mirarla, siendo él un típico adolescente. Eso era lo que lo había llevado a cometer la estupidez aquella con Shelly, que era tan poco dulce e inocente como él mismo, y había estado doblemente dispuesta.

—Muy bien —dijo, retrocediendo y señalando hacia el área de práctica—, veamos qué puedes hacer. Sin el factor sorpresa nublando mi juicio, podré fijarme en tus puntos débiles.

—Y en los fuertes también, me imagino —dijo ella. Mack

apoyó un pie en la parte baja de la baranda y recargó los brazos en la parte superior.

—No estoy aquí para alimentar tu ego, princesa. El objetivo de hoy es identificar qué cosas necesitas mejorar, para perfeccionarlas antes de que estés en un rodeo lleno de extraños.

—Ya veo. Estoy segura de que te mueres por señalar lo que hago mal, así que voy a asumir que lo demás lo estoy haciendo bien y que estás impresionado —declaró. Su sonrisa chorreaba miel y quedaba claro que se sentía muy segura de sí misma, pero ¿se sentiría igual bajo el escrutinio de cientos de miradas? Mack lo dudaba. Correr solo en tu jardín no tiene nada que ver con correr en un rodeo lleno de gente, con tus contrincantes analizando cada movimiento. Había visto a muchos jinetes talentosos que, a la hora de la verdad, se paralizaban.

—Nadie sabe quién demonios eres, pero mi nombre sí está en entredicho —dijo él, poniéndose serio. Levantó la mirada y el sol le dio de lleno en los ojos. Parpadeando, continuó—: no necesito que tu exceso de confianza nos haga hacer el ridículo a los dos.

—¡Por favor! —replicó ella, poniendo los ojos en blanco—, la última vez que alguien te vio, te llevaban en una camilla y tenías las pezuñas de un toro marcadas en el pecho. Por alguna razón, dudo mucho que apoyarme desde las gradas sea algo que arruine tu reputación.

Mack sintió que la rabia le encogía las entrañas. ¡Eso sí que había sido un golpe bajo! Tragó saliva y entrecerró los ojos.

—Si mi reputación es tan mala, será mejor que no te asocien conmigo, ¿no? No vaya a perjudicarte más que ayudarte —dijo, ofendido. El color subió a las mejillas de Ashley, que arrugó la nariz.

—No quería insultarte, Mack —dijo suavemente—. Y por más que odie admitirlo, tu reputación es increíble, por eso quiero tu ayuda. No debí decir eso. Lo siento.

Él frunció los labios, genuinamente sorprendido de que ella aceptara su error de tan buena gana. En su experiencia, las mujeres se ponían a la defensiva si se les cuestionaba. Dada su historia, ella tenía más derecho a reaccionar así que cualquiera.

—¿Increíble? ¿Eh? —repitió él, permitiéndose una pequeña sonrisa para aligerar el ánimo. Quería incomodarla un poco, pero no tenía ganas de discutir. Ella negó con la cabeza, y urgió a su caballo a caminar.

—¡Ahí está el Mack de siempre! —dijo con un tono lleno de sarcasmo—. Ahora, prepara tu cronómetro, campeón. Estoy lista para empezar.

Ya que Ashley le daba la espalda, él soltó una risita mientras preparaba el teléfono. Al menos las siguientes semanas serían interesantes.

*

Mack no bromeaba cuando le advirtió que destrozaría su estilo. Si se hubiera tratado de cualquier otra persona, Ashley habría apreciado la crítica constructiva, pero viniendo de él... quemaba como el infierno. Y quizás era peor porque tenía razón. Sí, quería que Mack contribuyera a su entrada en ese deporte; y sí, sus observaciones eran muy valiosas, pero él era experto en expresar opiniones sin el elemento constructivo.

Desde su sitio en la cerca, la llamó tras la quinta vuelta.

—Esto no es lanzamiento de bastón, princesa. Aprieta esos abdominales y, por enésima vez, no esperes tanto para sentarte cuando llegues al barril.

Ashley jaló las riendas y lo miró llena de frustración. Quería decirle algo cada vez que pasaba cabalgando junto a él. Necesitaba que la ayudara con la logística para entrar en las competencias, no que se considerara su entrenador no oficial.

—¿Desde cuándo eres experto en esto? No recuerdo haberte visto rodeando un barril.

—Desde hace cinco años, ya que pasé la mayor parte de mis días viendo a los mejores en el negocio. Si no estás enterado antes de dedicarme a los toros, domé potros y pasé cada segundo de mi tiempo libre observando a hombres y mujeres compitiendo en eventos a lo largo de los años, entonces no comprendes absolutamente nada de mi pasión por el rodeo.

Ashley guardó silencio, sorprendida por recibir una respuesta tan directa y tan sincera de su parte, además: ese tipo de entusiasmo no podía fingirse.

—Incluso —agregó él, y la tensión en su rostro se convirtió en esa sonrisa coqueta que había usado a su favor a lo largo de los años—, me gusta poner atención a la clasificación de las atletas de este deporte en particular.

Ashley le hizo una mueca. La mayoría de las competidoras de carrera de barriles eran mujeres jóvenes que estaban en muy buena forma, como él bien sabía. Mack, el seductor, estaba de vuelta.

—Terminamos por hoy —declaró ella, comunicándole con su frío tono lo que opinaba de su comentario. Cuando se alejaba para darle a Mía una caminata de enfriamiento, Mack se impulsó con los brazos, saltando la cerca, y alcanzándola para caminar a su lado.

—No seas aguafiestas. Lo hiciste bien hoy, pero todavía necesitas concentrarte en los fundamentos. Sospecho que te dedicaste más a mejorar tu velocidad a lo largo de los años, que a perfeccionar lo esencial.

Ella no quería contestarle porque había dado justo en el clavo.

—Ha pasado mucho tiempo desde que tomé las lecciones con Loretta. Las carreras más recientes tenían que ver con liberar tensión y huir de la realidad de mi vida cotidiana. Puede ser que dejara de fijarme en algunos elementos básicos —admitió.

—Es lo que pensé —asintió él—, pero me parece que con unos cuantos cambios, puedes ser excelente.

—Mack McLeroy —enunció Ashley, abriendo mucho los ojos—, ¿fue eso un cumplido?

—Puede ser —respondió él, lanzándole una mirada traviesa—, quizá sólo te estoy adulando.

—Eso sí podría creerlo.

—Pero tal vez —continuó él, y levantó el dedo índice, sonriendo de una manera que la desarmó por completo en un instante—, sé darle elogios a quien se los ha ganado.

Ashley meneó la cabeza, luchando para no devolver la sonrisa.

—Estás adulándome al cien por ciento.

Él soltó una carcajada y sus ojos verdes brillaron con el deslumbrante sol tejano. El sonido pareció metérsele a Ashley por el pecho, provocando un inesperado vuelco en el fondo de su estómago.

—Supongo que está por verse. Y hablando de cosas futuras, tengo mucha curiosidad por saber cómo te irá cuando vayas a tu primera competencia.

—Yo también —replicó ella, sintiendo que la sensación de su estómago se convertía en un salvaje aleteo ante la mención de la competencia—. Ser responsable de la reputación de un famoso jinete de toros, no es cualquier cosa.

Mack torció los labios con gesto irónico ante su comentario ligeramente mordaz. Luego se encogió de hombros.

—Supongo que lo sabremos en un par de semanas —dijo. Ella se paralizó, abriendo mucho los ojos.

—¿En un par de semanas? —exclamó. Un cosquilleo cargado de emoción, nervios y ansiedad la recorrió.

—Sí. Ya te inscribí para Dallas. Tenemos diez días para prepararte.

¿Diez días? Ashley detuvo a Mía y desmontó de un salto. Sus piernas se tambaleaban un poco, pero deseó que él no se diera cuenta.

—¿Cuándo hiciste eso? ¿Cómo? ¿Cuál es la logística? ¡Nunca me imaginé que sería tan rápido!

—Cálmate, princesa —respondió él, alzando las manos, haciendo el gesto universal de "relájate un poco"—. Dijiste que querías correr y yo puse manos a la obra. Dadas tus habilidades, diez días deberían ser más que suficientes para estar lista.

Por supuesto. Esto era lo que ella quería, ¿no? Intentó controlar la marea de emociones que se revolvían dentro de ella y asintió.

—Tienes razón, lo sé.

—¡Vaya! Esa es una frase que nunca esperé escuchar de tu boca —rio él. ¡Ah, qué pesado era!

—Pues aquí hay otra —dijo ella de inmediato, ignorando su intento de provocarla—, resérvanos un par de habitaciones en el hotel que tenga acuerdo con el rodeo. Y asegúrate de que estén cerca una de la otra: no quiero que me dejes abandonada cuando te encuentres con tus amiguitos.

Él soltó un quejido y a continuación respiró hondo.

—Hablando de mis "amiguitos" y de esa reputación que tanto hemos mencionado —comenzó, quitándose el sombrero y pasándose una mano por el cabello—, ¿y si le decimos a la gente que soy tu novio?

Ashley soltó un bufido y lo miró como si estuviera loco... porque lo estaba.

—No, no, de ninguna manera, de ninguna maldita manera —dijo. Ya había interpretado ese papel una vez, años atrás, y no tenía el menor interés en repetirlo—. Nadie creería esa historia.

—¿Por qué no? —inquirió él, siguiendo sus pasos a lo largo de la cerca—. Eres una chica muy hermosa y todo el mundo conoce mis gustos y mi reputación —dijo, levantando las cejas.

—Para empezar, soy una mujer, no una "chica", y todo el mundo sabe que no soporto a los tipos como tú... particularmente a ti —puntualizó, aunque su pulso se aceleraba cuando lo tenía cerca.

—Todos *aquí* saben eso, pero el mundo no termina en Sunnybell. Nadie en Dallas sabrá nada de ti, así que no tendrían ninguna razón para dudar que te gusten los tipos como yo —argumentó, con una persuasiva sonrisa que no ayudaría a convencerla.

—Bueno, pues me conozcan o no, nadie creería que hay un gramo de química entre nosotros.

Un segundo estaban caminando uno al lado del otro, y al siguiente él la había rodeado y de alguna manera la había acorralado. Estaba a punto de tocarla, pero no lo hizo. La espalda de Ashley se apoyaba contra la cerca y las manos de él la rozaban a ambos lados. El movimiento había sido tan fluido que había parecido que bailaban.

—¿Estás segura de eso? —exhaló él, sus ojos la seducían y la retaban al mismo tiempo.

De pronto, el aire entre ellos estaba cargado, y el corazón de Ashley galopaba como un caballo salvaje dentro de su pecho, robándole el oxígeno de los pulmones. Su cercanía era tan intoxicante como inesperada, y ella percibía su aroma de cuero y loción para después de afeitarse. Era el aroma de su primer amor y también el de su primer desamor.

Por unos segundos se quedó ahí de pie, intentando recuperar el aliento y recordar por qué lo odiaba. Él le sostuvo la mirada todo el tiempo, enfureciéndola y haciendo su cuerpo vibrar al mismo tiempo. Esto la tenía intrigada. Mack irradiaba confianza y masculinidad, y algo en ella estaba respondiendo de la manera más elemental y primitiva posible, como cuando era una adolescente con las hormonas enloquecidas, y una sola palabra suya tenía el poder de derretirla por completo. Sus ojos verdes eran tan hermosos, que casi la hipnotizaban, pero tuvo que forzarse a apartar la mirada. Eso, al fin, la sacó del trance.

Se agachó para pasar bajo su brazo, con el corazón latiendo a toda velocidad y los pulmones luchando por recuperar su ritmo normal, y comenzó a caminar hacia el granero, sabiendo que Mía la seguiría. Estaba a la mitad del camino cuando al fin confió en su voz. Sin volver la vista atrás, dijo:

—Estoy cien por ciento segura.

Y deseó con todas sus fuerzas que eso fuera verdad.

Capítulo 9

ESTACIONARSE FRENTE AL HOTEL en Dallas era como detenerse en su pasado. Era tarde, ya que les había tomado más de una hora acomodar a Mía en las instalaciones de la sede, pero aun así el estacionamiento estaba lleno de gente yendo y viniendo.

Desde el asiento del copiloto de la *pickup* F-250 de Ashley (su orgullo seguía herido porque no lo dejó conducir), Mack inspeccionó los coches a su alrededor. Se alegró de que los cristales estuvieran polarizados, pues quería orientarse un poco, sin preocuparse por ser visto. Reconoció al menos media docena de camionetas y vio mucha gente conocida. Su mandíbula se tensó e inhaló profundo.

Éste era el momento de la verdad. En el instante en el que bajara de la camioneta, estaría oficialmente de regreso en un mundo que había dejado bajo sus propios términos hace años, para dedicarse a la monta profesional de toros. No era fácil predecir qué recibimiento le darían, especialmente cuando supieran por qué estaba ahí.

Maldita Ashley y su negativa a seguir el plan del novio. Odiaba sentirse como su ayudante, forzado a cumplir sus demandas o arriesgarse a perder la única oportunidad que le quedaba de mantenerse a flote. Volteó a verla con el ceño fruncido, y notó la tensión en sus hombros y en su boca, con sus lindos labios torcidos. Bien, al menos no era el único que estaba estresado.

Ashley encontró un lugar y maniobró para estacionar la camioneta antes de apagar el motor y voltear la cabeza para mirarlo.

—Iré a registrarnos y luego podremos ir a cenar. Después de eso, podrías presentarme por ahí. Me imagino que esta noche el bar estará lleno de gente del rodeo —dijo.

Más decisiones unilaterales. Ashley estuvo distante pero profesional desde que él, tontamente, le había aplicado aquella prueba de química. Se había ganado diez días de corteses inclinaciones de cabeza y respuestas monosilábicas, y eso lo estaba volviendo loco. Lo que más quería era estar lejos de ella por un rato.

—¿Sabes qué? —dijo, desabrochándose el cinturón de seguridad y sujetando la manija de la puerta—. Veo que unos viejos amigos están cruzando el estacionamiento para ir al restaurante de carnes a la parrilla. Iré a cenar con ellos. Si quieres, déjame la llave de la habitación en la recepción. Podemos encontrarnos mañana temprano y empezar con las presentaciones.

Ashley parpadeó nerviosamente, presa del pánico durante unos segundos, pero lo ocultó de inmediato tras una máscara de enojo.

—No voy a darte dinero para que te lo gastes con tus amigos —dijo—. Si quieres que yo pague, vas a esperar a que me arregle un poco y vaya contigo.

—Bueno, pues... —dijo Mack, abriendo la puerta y bajando del camión—, supongo que no quiero que pagues.

Eso fue más que estúpido, ya que él no podía darse el lujo de tomar un trago en ese lugar, mucho menos de comer, pero en ese momento su orgullo era más importante que su estómago. Era lo único que le quedaba en el mundo.

*

Ashley no podía creer que Mack había azotado la puerta y atravesaba el estacionamiento con ese modo de andar tan rígido, que hacía evidente que sus lesiones estaban sanando, poco a poco. ¿De verdad estaba abandonándola? *¿Otra vez?*

Agitó la cabeza y arrancó las llaves del volante. ¿Por qué diablos había creído que podía confiar en él? Siempre supo que sus propios intereses estarían antes que los de ella... que los de cualquiera, de hecho. Ella había aceptado el trato porque él la necesitaba demasiado como para echarlo a perder. Aparentemente, se le había olvidado ese pequeño detalle.

De acuerdo: podía entender que le preocupara lo que sus amigos opinaran. Le daría una noche libre, ya que era tarde y el rodeo no empezaba oficialmente hasta el día siguiente. Pero no sería gratuito. Con un nuevo objetivo en mente, se dirigió al hotel, se registró, y se fue a su habitación a esperar.

Era casi medianoche cuando le llegó un mensaje de texto: *¿Dónde está la llave?* Esperó un minuto antes de responder: *Ven a mi habitación. Es la 224.* Abrió la puerta antes de que él tocara. Se quedó ahí parado, con el cabello un poco desordenado y la camisa sin fajar. Parecía salido directamente de un comercial de perfume.

—Bueno —dijo ella, arqueando una ceja cuando percibió el olor a cerveza—, parece que te alcanzó para unos cuantos tragos.

—No —Mack negó con la cabeza para luego recargarse en el marco de la puerta—. A mis viejos amigos les dio gusto verme y les dio todavía más gusto invitarme un trago.

—O tres.

—Exactamente. Y no, no estoy borracho, sólo un poquito... alegre.

Odiaba admitirlo, pero ese Mack "alegre" tenía algo muy sexy. Sus articulaciones parecían más flexibles y sus ojos verdes la miraban con vivacidad y no con resentimiento. Encontrarlo atractivo después de cómo la había tratado aquella noche, la hacía sentir furiosa.

Llegó al tocador, tomó las llaves de su camioneta y se las lanzó. Él se tambaleó para atraparlas y la miró, confundido.

—Te acabo de decir que bebí. No estoy en condiciones de manejar a ningún lado.

—Me queda claro. No te las estoy dando por eso. Hubo un problema con nuestra reservación y sólo nos dieron una habitación.

Él parpadeó, sin entender hacia dónde iba la aclaración.

—¿Tenemos que compartir la habitación? —preguntó.

—Ni en tus sueños —replicó ella, cruzándose de brazos sobre la camiseta rosa que usaba para dormir—. Tú duermes en la camioneta, por eso te di las llaves.

—Ese no era el trato —dijo él, mirando el llavero y alzando la mirada hacia ella con el ceño fruncido—. ¿Y los hoteles del otro lado de la calle?

—Lo siento —dijo ella con dulzura—, pero son muy caros para mi presupuesto. No te preocupes: los asientos se reclinan casi hasta atrás, así que estarás cómodo. Si no funciona, pues bueno, siempre te queda la caja de la camioneta.

—¡La caja! ¿Cómo demonios voy a dormir ahí? —preguntó, con los ojos entrecerrados y mirada suspicaz.

—Mmm... supongo que tienes razón. Dios nos libre de que duermas en un lugar tan terriblemente incómodo —dijo ella, usando la misma expresión con la que él se había burlado de ella días atrás—. Tal vez alguno de tus viejos amigos te deje dormir con él.

Ashley tuvo que hacer un gran esfuerzo por no soltar una carcajada al ver su expresión. No tenía salida, y se daba cuenta de que él mismo había provocado todo. Se metió las llaves al bolsillo, giró sobre sus talones y se alejó hacia las escaleras.

—Nos vemos a las ocho —le dijo ella, sin intentar siquiera ocultar la alegría en su voz.

Sabía que lo pagaría al día siguiente, que Mack estaría malhumorado como un oso con una espina en el trasero, pero, por el momento, celebró su pequeña victoria y se fue a dormir.

Capítulo 10

NO HABÍA SUFICIENTE CAFÉ en el mundo para contrarrestar lo poco que Mack había dormido (o más bien, *no dormido*) la noche anterior. La mañana no había ido bien, gracias a su infeliz columna y su enfurecida compañera. Hasta el momento, él y Ashley se habían evitado en medida de lo posible, dividiéndose las funciones y comunicándose más como cavernícolas que como colegas, con gestos cortantes y respuestas monosilábicas.

Afortunadamente, todavía no había tenido que preocuparse por presentar a Ashley o explicar su presencia. Dijo que estaba ahí con una vieja amiga y que, por culpa de sus lesiones, no tenía nada mejor que hacer de todas maneras. Nadie lo cuestionó más. Pero Mack temía el momento en que Ashley forzara la situación y negara ser su amiga o hiciera cualquier otra cosa: ella estaba determinada a castigarlo por sus estúpidas acciones de años atrás.

Minutos antes de la primera carrera, se le agotó la buena

suerte. Mientras guiaba a Ashley y Mía hacia el rodeo, Mack vislumbró a Jocelyn Creech, una barrilera que conocía de mucho tiempo. Ella lo reconoció de inmediato y corrió hacia él. Mack soltó las riendas de Mía rápidamente y dio unas zancadas para encontrarse con ella, que lo abrazó más que amistosamente. Él tuvo que esforzarse por no gruñir a causa de la punzada de dolor que eso provocó.

—¡Miren nada más quién nos honra con su presencia! —dijo Jocelyn, sonriendo de oreja a oreja—. No te había visto en años. ¿Cómo has estado, vaquero?

—Tratando de no caer en pedazos —respondió él con un dejo de sarcasmo—. ¿Cómo estás tú? ¿Todavía arrasando en esta competencia?

Ella se rio y comenzó a narrarle sus últimas victorias. En eso Mack, sintió la presencia de Ashley a su lado, y notó su silencioso deseo de ser presentada. Rechinó los dientes. Si ella se portara más civilizadamente, quizás él no estaría resistiéndose tanto.

Técnicamente, él seguía manteniendo su parte del trato, pues se había encargado de la logística de registro a la competencia y la había acompañado hasta ahí. Y tenía tiempo de sobra para presentarla después de que corriera, sin tener que estar a su lado obedeciéndola como un perrito bien entrenado. Mientras tanto, que tuviera un poco de maldita paciencia. No obstante, ella no estuvo de acuerdo. Antes de que él pudiera concluir su conversación con Jocelyn, Ashley se acercó y sonrió, apologética.

—No quiero interrumpir, pero necesito a mi asistente —dijo, su voz era tan azucarada como la miel, mientras su oscura mirada era bastante afilada—. Vamos, Mack, van a llamarme pronto y ya sabes que te necesito en la línea de salida.

*

Ashley estaba segura de que si los oídos pudieran echar vapor, Mack habría sido una tetera humana. Mantuvo su sonrisa falsa, herencia de los concursos de belleza, firme en el rostro. Prácticamente estaba retándolo a que dijera algo mientras se alejaban de su coqueta amiga.

Estaban rodeados de gente, pero, tras unos pasos, Mack la arrastró a una esquina vacía.

—¡¿Qué demonios fue eso?! —siseó, exudando rabia por cada poro. Bueno, pues él no era el único que estaba furioso.

—Yo tengo exactamente la misma pregunta. Hicimos un trato, Mack, y parte de él consiste en que me presentes a la gente que conoces para que pueda hacer algunas relaciones.

—Y lo voy a hacer, pero en mis propios términos. No soy tu perro faldero y, ciertamente, no soy tu "asistente".

—¿Ah, no? Porque si mal no recuerdo, fuiste tú el que vino hasta mi puerta rogando por ayuda. Yo acepté a cambio de tu cooperación. Si no haces tu parte, puedes jurar que yo no voy a cumplir con la mía —gruñó ella. Casi era posible escuchar el rechinido de los dientes de él.

—Esto debía ser un trato justo, un ganar-ganar, pero tú me estás tratando como si fuera inferior. Y estoy seguro de que disfrutas cada segundo.

—¿Exactamente cómo te hago sentir inferior? ¿Esperando que tengas la mínima cortesía? ¿Que me presentes con tus amigos y me des consejos de equitación? Claro, ya veo cómo eso podría parecerle degradante a un semidiós como tú.

—Me refiero a cómo me quieres tener controlado. No me dejas manejar, no me das el dinero para gastos, a menos que haga lo que tú quieras. Me haces dormir en la camioneta cuando tienes una cama enorme que no ocupas tú sola.

Al escucharlo, se sintió realmente desconcertada. El resentimiento que impregnaba cada una de sus palabras la tomó por sorpresa. ¿De verdad creía que estaba aprovechándose de él? Y aún más... ¿sería posible que ella lo estuviera haciendo?

Meneó la cabeza, incapaz de dejar ir el rencor que le había guardado por tantos años. Él la trató como basura y ella tenía todo el derecho a exigir respeto y no darle lo que él quisiera así nada más.

—¿Sabes qué? Ya tuve... —Ashley fue interrumpida por un empleado del rodeo, que llegó hasta ella a toda prisa.

—Señorita Montoya, usted es la siguiente. Diríjase a la línea de salida, por favor.

El oxígeno abandonó sus pulmones como si hubiera recibido un golpe en el estómago. Dios mío, este era el momento. No estaba lista en absoluto. Tenía los nervios de punta, Mía estaba brincando a su lado, y estaba peleando con la única persona a la que conocía en toda la maldita ciudad. Volteó a verlo, con los ojos saliéndosele de las órbitas y su estómago en algún lugar cercano a sus pies.

El rugido de la multitud se internó en sus oídos. La discusión la distrajo y no había pensado en el tamaño de la audiencia ni se había dado cuenta, hasta ahora, del calor que sentía bajo la ropa. ¡Dios! ¡Dios! Iba a desmayarse.

Mack clavó sus ojos verdes en los de ella, sin parpadear. La rabia y el resentimiento se habían desvanecido por completo. Dio un paso adelante y le apretó los brazos con las manos, inclinando la cabeza hasta estar casi frente a frente.

—Escúchame —dijo en voz baja—. Te has estado preparando para esto por años. Vas a salir, vas a ignorar a todas las personas que hay aquí y vas a imaginar que estás en tu pista una noche cualquiera. No pienses en cómo correr o qué hacer: sube a tu caballo y deja que tu cuerpo haga lo que mejor sabe hacer. Piensa en todas las ocasiones en que sólo estaban Mía y tú bajo las estrellas, solas en el mundo. Bloquea al público, las bocinas y a los demás competidores. Búscame a mí. Sólo a mí. Voy a estar ahí, en la cerca, esperando que vuelvas, ¿está bien?

Ashley inhaló largo y profundo, ordenándole a su cuerpo que se tranquilizara. La intensa mirada de Mack le pareció un puerto seguro en el súbito caos de su mente. Asintió dos veces, pasándose la lengua por los labios nerviosamente.

—Está bien —dijo.

—Está bien, ¿qué?

—Está bien, te buscaré a ti. Y me imaginaré las estrellas.

Y recordaré a mi mamá. Ese pensamiento llegó de la nada, pero lejos de estresarla, la calmó. Sintió que, de alguna manera, su mamá estaba ahí en ese momento.

—Buena chica. Ahora sal ahí y asómbralos a todos. Ya terminaremos de pelear cuando regreses —dijo, con una leve sonrisa asomándose por sus labios.

Ella quiso sonreír también, pero su boca no recordaba cómo hacerlo. ¿Por qué creyó que podía hacer esto? ¿Por qué no le fue suficiente seguir corriendo tranquilamente en su propiedad?

—¡Este es tu sueño, Ashley! —dijo Mack, como si le hubiera leído la mente. Le apretó la mano—. Hazlo realidad.

Ella volvió a asentir, esta vez con mayor convicción. Permitió que él la ayudara a montar, y se formó. El locutor anunció su nombre, y ella arrancó.

Capítulo 11

MACK NO RECORDABA haber contenido el aliento durante ninguna otra carrera en todos sus años en el rodeo. Esta vez observó, con el corazón acelerado, mientras Ashley salía disparada, inclinándose hacia delante y dirigiéndose hacia el primer barril, que rodeó como una campeona. Mía parecía estar en una posición casi horizontal mientras giraba. Después corrió hacia el siguiente barril, y hacia el tercero, antes de volar de regreso a la entrada.

Se veía totalmente gloriosa con su oscura cabellera ondeando bajo su sombrero negro. Su rostro era una máscara de concentración y determinación. Parecía una guerrera montando hacia la batalla y el corazón de Mack estuvo a punto de estallar de orgullo cuando frenó en seco frente a él.

Dejó escapar una exclamación de entusiasmo y la abrazó en el instante en que sus pies tocaron la tierra, sin importarle el flamazo de dolor con que su columna reaccionó. Se sentía eufórico, la adrenalina corría por sus venas como si él hubiera montado y, además, de manera excepcional.

Nunca en la vida había sentido tal emoción por la carrera de alguien más. Y Ashley, ciertamente, lo había hecho extraordinariamente bien. Los números rojos del cronómetro se habían detenido en 14.012 segundos, un tiempo grandioso para cualquiera, ni qué decir de una principiante.

Cuando ella vio los números, el impacto hizo que la mandíbula le cayera hasta los pies. Luego se puso a reír y a brincar; y él volvió a abrazarla mientras las lágrimas corrían por sus mejillas. Mack tuvo que hacer un gran esfuerzo por no besarla en ese instante. Era una locura, lo sabía, pero así se sentía. En vez de ceder a la demencia, le apartó el sombrero y le besó la frente.

—Estoy muy orgulloso de ti. Califiques o no, esta noche debes celebrar —dijo. Ella se enjugó las lágrimas y sonrió.

—Tú lo has dicho, vaquero... ¿A dónde vamos?

—Esta noche todo el mundo estará en el bar junto al hotel. Presiento que más de uno querrá brindar contigo.

—Ah, ¿ahora ya no te da pena presentarme? ¿No? —dijo Ashley en tono juguetón, sin rastro de la amargura de apenas unos minutos atrás.

—Además no creo que me vuelvan a invitar los tragos —replicó él, guiñándole un ojo.

Ashley se rio. La tensión de los últimos diez días se disolvía, al fin, y se sentía increíble. Y el hecho de que su sonrisa estuviera dirigida a él y solamente a él, se sentía doblemente genial.

—Ya veo. Y bueno... supongo que puedes presentarme como tu "amiga", si quieres. No creo que ese chisme llegue hasta Sunnybell. Después de todo, tengo que mantener mi reputación allá, ¿sabes? No vayan a creer que ahora me caes bien.

—No te preocupes, princesa —Mack le apretó la muñeca. No estaba dispuesto a romper la conexión que había entre ambos—. Lo que pasa en Dallas, se queda en Dallas.

*

El bar carecía del encanto familiar del Yell de Sunnybell, pero la cerveza bien fría abundaba, la música era buena y la compañía aún mejor. Ashley sonrió mientras levantaba su tarro y le daba un trago. Era difícil creer que ahora, en su mente, Mack fuera la definición de "buena compañía". Excelente, de hecho.

Tras haber ganado el tercer lugar (Ashley lo consideraba una victoria), él no se había separado de ella. La había presentado con todo el mundo como una vieja amiga, dedicándole un guiño al decirlo, y luego había preguntado quién quería invitarle un trago a su protegida. Eso fue dos horas y tres cervezas atrás, y ella aún no había sacado su cartera ni dejaba de pensar en Mack.

Toda esa aversión que surgió entre ellos cayó al suelo y se hizo pedazos en el momento justo antes de su carrera. Él se había portado genial: enfocado, gentil, confiado en sus habilidades... fue todo lo que ella no. La calmó justo de la manera en que necesitaba, y al entrar en el rodeo se sintió como cuando entrenaba en su propia pista de práctica.

Una mano la rodeó al tiempo que un par de cálidos labios rozaban su oreja izquierda.

—Vamos, princesa. Hora de ir a la cama.

Ella giró para encontrarse con el Mack "alegre", que le sonreía con los párpados caídos. El efecto era tremendamente seductor. Siempre había sido demasiado atractivo para su propio beneficio... pero el resentimiento había creado una sólida pared de distancia entre ellos. Ahora que la pared comenzaba a agrietarse, resultaba que el Mack adulto no era el villano terrible que ella había creado en su cabeza siendo una adolescente.

Y este Mack le gustaba mucho.

—Está bien, señor McGuapo. Te sigo.

Él se estremeció con una carcajada mientras sus cejas se arqueaban.

—¿McGuapo? —repitió divertido—, recuérdame que te invite algunas cervezas más seguido.

—¡Ay, por favor! —replicó Ashley, riendo como una adolescente—, como si no supieras que eres apuesto. Tu físico nunca fue el problema.

Él la atrajo y pudo sentir sus profundas carcajadas retumbando en su pecho.

—Tampoco el tuyo, querida —dijo, levantando una ceja.

Ashley deslizó una mano entre los dedos de él y permitió que la guiara a través del bar, mientras se despedían de la ruidosa multitud. Cruzaron las puertas hacia el estacionamiento y ella se encontró con que la noche era deliciosamente fresca contra su piel. Hacía tanto calor en el bar, que no se habían dado cuenta de que la temperatura había bajado tanto. Ashley se estremeció levemente y Mack la estrechó, rodeándola con un brazo.

—Que nunca se diga que la caballerosidad ha muerto —declaró alegremente, haciéndola reír—. Al menos no en Texas. No, señor.

—Qué, ¿usar mi cuerpo para calentarte? —bromeó ella—, sí, claro. Muy carabelloso. Ca-ba-re-llo... ¡Caballeroso! —exclamó, orgullosa de haber pronunciado la palabra correcta en aquel estado de ligera y feliz ebriedad.

—Oye, oye... ustedes las mujeres no deberían darse cuenta de que lo hacemos por eso. Aunque no veo el problema del ganar-ganar. De hecho, yo soy un fan del beneficio mutuo.

—¿Mutual? Estoy segura de que esa palabra no existe —dijo ella mientras Mack abría la puerta y la acompañaba hasta el primer piso—. Pero, ¿sabes qué? Desde hoy, creo que ya me caes bien otra vez. Eres un buen tipo cuando quieres, Jacob Reed McLeroy.

—¿Recuerdas mi nombre completo? —preguntó él, inclinando la cabeza a un lado, sorprendido. Ella asintió, disfrutando el contacto de su mejilla contra la suave camisa de él. También podía percibir la dureza de sus pectorales, lo cual no le molestaba en absoluto.

—Sí, y tu cumpleaños, el sabor de tu helado favorito y el nombre de tu primer perro.

Fueron alentando el paso hasta que se detuvieron frente a la puerta de la habitación. Ashley se alejó, pero sólo lo necesario para verlo a los ojos. Las pupilas de él estaban dilatadas y sus ojos verde esmeralda brillaban a la tenue luz del pasillo.

—También me acuerdo de cómo tus labios se unían a los míos y cómo tus manos se deslizaban por mi cuerpo cuando nos besábamos. Recuerdo sentir mariposas en el estómago si alguno de tus dedos me rozaba la piel.

El humor en las facciones de él se desvaneció y algo mucho más intenso lo reemplazó.

—Ashley... —suspiró, enlazando sus dedos con los de ella.

¡Dios!, se dijo Ashley, cómo le gustaba el sonido de su nombre en sus labios. Miró su boca, sus hermosos y perfectos labios, y se pasó la lengua por los suyos sin siquiera pensar. Aquellas mariposas estaban de regreso y aleteaban furiosamente en su interior.

Apretándole los dedos, Mack se inclinó y la besó, disparando una corriente de electricidad por todo su cuerpo. Hasta sus dedos de los pies se encogieron cuando él posó los labios en los suyos y comenzó a explorar su boca con la lengua. Sabía exactamente igual que siempre, a pesar de la cerveza. Ashley gimió suavemente y se acercó a él, feliz rodeando su espalda con las manos enlazadas.

La llave de la habitación estaba en su bolsillo trasero. Quizá... sólo quizá, podía invitarlo. Él no tenía recámara, después de todo, y la cama era bastante grande. Comenzó a retirarse del beso, lista para hacerle la propuesta que jamás imaginó saldría de sus labios, cuando la puerta de las escaleras se abrió con fuerza, golpeando la pared, sobresaltándolos.

Un par de vaqueritas risueñas, con atuendos sugerentes, pechos grandes y cabelleras esponjosas, trastabilló por el pasillo. Los ojos de ambas se abrieron mucho ante la escena que Mack y Ashley protagonizaban, y un instante después estallaron en ebrias carcajadas.

—¡Hola, Mack! —canturreó en tono coqueto una de ellas, al pasar rozándolos.

El sonido de aquel nombre saliendo de esos labios rosa chillante fue como un chorro de agua helada en la conciencia de Ashley. ¿Qué estaba haciendo? Aunque no podía negar que estuviera disfrutando el nostálgico besuqueo, éste era Mack McLeroy, el seductor... No, el *jugador* más prominente de aquel mundo. Era necesario mantener todo en un estricto plano profesional.

Inhaló largo y profundo, sintiendo que la cordura volvía a su cabeza. Le sonrió a Mack y dio un paso atrás.

—Buenas noches. Gracias por el apoyo hoy. No habría podido hacerlo sin ti —dijo. Él era increíblemente sensual, además de que besaba increíble, pero Ashley no era tan estúpida como para recorrer el camino al desamor por una segunda vez.

Él parpadeó algunas veces, profundamente confundido.

—¿No vas a invitarme a pasar?

—No... —dijo ella, negando firmemente con la cabeza, aunque había estado a punto, apenas un minuto atrás—. Espero que esta noche duermas mejor en la camioneta. Tal vez si te recuestas en el asiento trasero sea más cómodo.

Mack retrocedió mientras su mandíbula se tensaba y sus

ojos la miraban como intentando descifrar un enigma. Después echó un vistazo en dirección a las mujeres que los habían interrumpido y sonrió.

—No te preocupes, princesa. Seguro encontraré una cama para pasar la noche.

—Muy bien —contestó ella, rechinando los dientes y ofreciéndole su mejor sonrisa de pasarela—, nos vemos en la mañana.

Dicho esto, cerró la puerta, intentando convencerse de que la interrupción había sido algo bueno. Había aprendido la lección respecto a él años atrás, ¿o no? Y el deseo de abrir la puerta e invitarlo a pasar para perderse en sus besos y sus caricias... bueno, eso era culpa de la cerveza.

Capítulo 12

MIENTRAS DEJABAN EL ESTACIONAMIENTO a bordo de la camioneta, Mack se preguntó por enésima vez por qué demonios le había dicho eso a Ashley la noche anterior. No había tenido la más mínima intención de acostarse con nadie más, y había sido un imbécil por fingir que lo haría, sobre todo después del beso que se dieron.

¡Dios, ese beso! Casi le había quemado las botas. No recordaba lo que se sentía tenerla entre sus brazos, hasta ese momento. Y una vez que las memorias lo inundaron, no había manera de que comprendiera por qué demonios la había dejado hace años, por el dudoso y pasajero placer de acostarse con una chica de pechos grandes y falda corta que ni siquiera había terminado la preparatoria.

—Soy un idiota —dijo en voz alta, sorprendiéndolos a ambos.

—No lo discuto —replicó ella simplemente, con los ojos atentos a la carretera.

Faltaban sólo unos días para el próximo rodeo, por lo que habían decidido emprender el camino hacia allá en vez de regresar a Sunnybell, que estaba en la dirección opuesta. Al menos tendrían algunos días a solas. Otros competidores habían decidido hacer lo mismo y conducían rumbo al rodeo.

—No sé por qué dije eso anoche —suspiró Mack, recargándose en el asiento—. Dormí en la camioneta, nunca se me habría ocurrido hacer otra cosa.

—Puedes hacer lo que quieras, Mack, es tu asunto. No te preocupes por eso —dijo ella, pero la decepción era tangible en su voz, y Mack quiso darse de golpes a sí mismo. Con sólo esa estúpida frase, probablemente había reafirmado todo lo que ella pensaba de él.

—En contra de la creencia popular, no soy el patán que crees. He cambiado mucho desde los 19 años, aunque no lo parezca.

Comenzó a llover y las primeras gotas estallaron en el parabrisas. Ella encendió los limpiadores a la velocidad más baja y lo miró de reojo antes de encogerse de hombros.

—Como te dije, lo que hagas es tu problema. Lo único que sí me parece evidente, es que sigues amando a las mujeres. Más que nunca.

—Bueno, eso no ha cambiado —admitió, sin poder evitar una pequeña sonrisa—. Sigo amando a las mujeres y las mujeres me aman a mí, pero aprendí una enorme lección desde que rompimos: nunca volví a engañar a otra chica y nunca volveré a hacerlo. Jamás me sentí peor, y planeo evitarlo el resto de mis días.

—Te sentiste así porque fuiste un desgraciado —declaró ella, haciendo una leve mueca con la boca, aunque sus ojos seguían enfocados en el camino—. Pero me alegro de que hayas aprendido algo. Y que conste que has demostrado ser un gran tipo durante las últimas semanas. No habría podido lograr lo de ayer sin ti.

—Sí hubieras podido.

—No, no lo habría hecho —repitió ella, negando con la cabeza—. Estaba lista para salir corriendo con la cola entre las patas, pero tú me convenciste de seguir.

El cumplido se sintió bien. Mack respiró, permitiendo que esas palabras le calentaran la piel antes de volver a hablar.

—La verdad es que me sorprendió que te paralizaras. Cualquiera habría creído que todos esos años de desfiles de belleza te habrían preparado para actuar frente a una multitud.

—Pues sí, sería lo lógico. Supongo que los desfiles nunca me importaron mucho. Lo único que estaba en juego eran un título y una estúpida corona.

—¿De qué hablas? —exclamó él, sorprendido por aquella confesión—, creí que te encantaba ser reina de belleza.

—No... —replicó Ashley, y lo miró de reojo para toparse con sus pupilas por un instante—, era el sueño de mi madre. Soy una persona competitiva, así que sí disfruté algunos momentos, pero siempre quise ser jinete. Hacer las dos cosas era demasiado costoso y yo quería hacerla feliz.

—Pero... eso fue antes de que ella se enfermara.

—Sí, sí —dijo Ashley, riendo amargamente—, *siempre* quise hacerla feliz, incluso antes del diagnóstico. Ella era lo único que tenía en la vida.

—Y ahora se ha ido —dijo él en voz baja, gentilmente.

La tristeza le oprimió el corazón. Recordaba a la madre de Ashley como una mujer joven, hermosa y atlética. Su proceso de deterioro debió ser terriblemente tortuoso para las dos. Él se había enterado, había enviado una tarjeta de condolencias y se entristeció por la situación. Pero en este momento, sintió realmente el peso de la pérdida de la mujer que estaba a su lado.

—Y ahora se ha ido —repitió ella—. Esos fueron los mejores y los peores años de mi vida. Cuidarla mientras se convertía en la sombra de lo que fue resultó insoportable.

—¿No recibiste ayuda? —inquirió. Él había estado persiguiendo sus propios sueños en aquel entonces y no había prestado mucha atención a cómo había vivido ella la situación.

—No había nadie más. Recibíamos apoyo por la discapacidad de mi madre, pero no era suficiente. Los amigos ayudaban de cuando en cuando, pero la mayor parte del tiempo éramos sólo ella y yo. Me encargué de todo. Ha sido lo más duro que he hecho en la vida, pero no cambiaría por nada el tiempo que compartimos. Tuvimos tantas conversaciones, vivimos tantas cosas... intentamos experimentar una vida entera en unos pocos años, y aprendimos a no desperdiciar ni un solo segundo.

Mack miró sus manos, empuñándolas una y otra vez deseando que el entumecimiento desapareciera.

—La mayoría de nosotros no aprende eso hasta que es demasiado tarde —dijo.

Luego guardaron silencio por unos minutos; lo único que se escuchaba era el sonido monótono de las llantas sobre el asfalto y el movimiento de los limpiadores en el parabrisas. Finalmente, Ashley suspiró.

—Siento mucho lo de tu accidente, Mack. Y todo lo que ha sucedido después. Debe ser terrible quedarse fuera, luego de haber trabajado tan duro.

—Sí —admitió, aunque le parecía un eufemismo. No obstante, tras la conversación acerca de la madre de Ashley, sus propias lesiones no le parecían el fin del mundo.

—Sufres más de lo que admites.

—Sí... —repitió, eso era lo más que le había mostrado a alguien, pero por alguna razón tenía ganas de decir la verdad ahí, dentro de esa camioneta, en aquella carretera.

—¿Qué pasó? ¿Qué tanto te lastimaste? Todo el pueblo ha estado hablando al respecto, pero dudo que alguno de nosotros sepa la historia completa.

Mack no quiso que nadie, incluyendo a sus padres, supiera la gravedad de sus lesiones. ¿Para qué preocuparlos si no era necesario? Pero no quería mentirle a Ashley ni siquiera por omisión. Merecía algo mejor de su parte. Fue contando con los dedos mientras enumeraba sus heridas.

—Tres costillas rotas, la clavícula fracturada, esguince de muñeca, hombro dislocado, contusión y compresión de columna. Ah, y un pulmón parcialmente dañado.

Ella no dejó de mirar el camino, pero sus ojos se abrieron mucho. Tras asimilar aquella lista, preguntó:

—¿Compresión de columna...? ¿Ése es el término médico?

Había querido aligerar el ánimo, pero su voz se había vuelto sutilmente ronca.

—Compresión torácica de la espina dorsal. Te garantizo que no quieres más detalles.

—Te creo. Escuché por ahí que estarías de regreso a los toros dentro de cuatro o seis meses, pero ya han pasado dos meses desde la caída. ¿De verdad es tiempo suficiente para recuperarte de todo eso?

Mack observó el paisaje por la ventana. Era un enorme pastizal sorprendentemente verde, que parecía no terminar nunca. Se le ocurrió que era increíble cómo el mundo seguía girando, aunque su propia vida pareciera haberse detenido.

—Es difícil saberlo. El doctor dice que necesito al menos un año, o hasta dos —suspiró. Podía no recuperarse jamás—. Pero yo conozco mis límites y si me esfuerzo lo suficiente, puedo lograrlo.

—Bueno, pues te estaré animando —dijo ella. Eso lo hizo sonreír.

—¿En serio? Al parecer te estoy cayendo bien —dijo, volviendo a su tono juguetón. Ella lo miró a los ojos por un segundo, sonriendo también.

—"Parece", así que no hagas ninguna estupidez.

—Cariño —dijo, soltando una carcajada y agitando la cabeza—, la estupidez es la misión de mi vida.

*

Para cuando llegaron al hotel, Ashley sintió que al fin habían reiniciado su relación. En algún lado entre Dallas y Oklahoma, los residuos de mala vibra entre ellos se disolvieron y quedaron atrás.

Después de registrarse, esta vez en habitaciones contiguas (algo tan cargado de tácitas posibilidades, que hacían que su sangre hirviera de deseo), abordaron el ascensor. Tras ellos, dos mujeres que Ashley reconoció como sus contrincantes en las carreras, se apresuraron a subir también, antes de que las puertas se cerraran.

—¡Vaya, vaya, vaya! —dijo la más alta de las dos, con una falsa sonrisa en los labios—, así que se trata de la feliz pareja.

El cuerpo de Ashley se tensó ante su petulante tono, pero la expresión de Mack no cambió en absoluto. Mostrando su famosa sonrisa perezosa, asintió.

—¡Eh! ¡Miranda! ¡Kelsey! ¡Cuánto tiempo! —dijo, y la sonrisa de la chica se convirtió en una mueca.

—Y ahora vemos por qué. ¿Ocupado con tu nueva novia?

—Oh, no, Ashley no es mi novia —dijo tranquilamente—. Somos amigos de toda la vida, de Sunnybell.

Aquello era lo que debía decir, y lo que habían acordado, pero eso no evitó que Ashley sintiera un aguijonazo de decepción en el pecho. Miranda alzó una de sus esculpidas cejas.

—Eso no era lo que parecía en Dallas. Y debo decir que estoy un poco... sorprendida. Siempre dijiste que nunca saldrías con una competidora, y ahora mírate, acompañado de la chica nueva después de su primera carrera —dijo, mirando a Ashley de pies a cabeza sin ocultar su desprecio.

—Es cierto —confirmó la otra mujer, Kelsey, mientras reía y meneaba la cabeza—, siempre dijiste que para eso estaban las vaqueritas.

Era obvio que a Kelsey, de ojos azules y sonrisa fácil, le divertía la situación mientras que Miranda sonaba resentida, como si quisiese algo con él y estuviera celosa. Mack replicó elevando un solo hombro.

—Bueno, pues ya no estoy en el rodeo. Ashley necesitaba ayuda para entrar a este deporte y yo tenía tiempo disponible. Se podría decir que es un pequeño proyecto paralelo, en lo que me recupero de las lesiones.

Sus palabras fueron como una bofetada. Después de todo lo que habían compartido, ¿se atrevía a llamarla su "pequeño proyecto"? El enojo, mezclado con una buena dosis de dolor, subió hasta la garganta de Ashley, impidiéndole hablar y enrojeciendo sus mejillas. Cuando el ascensor se detuvo y las mujeres se dispusieron a bajar, Ashley se volvió hacia él.

—¿Por qué no te quedas con tus amigas en este piso, Mack? No necesito de tu caridad —siseó, con la mente nublada. Kelsey volteó, exagerando su expresión de confusión. Su frente se arrugó sobre sus cándidos ojos azules.

—¡Como si necesitaras caridad! ¡Suertuda! Conozco a tu primo y, según él, ¡acabaste quedándote con la mitad de su herencia!

Capítulo 13

MACK PARPADEÓ, intentando comprender lo que Kelsey acababa de decir. Sonaba tan extraño, como si hubiera dicho que Ashley creció en Marte o algo así. Las puertas del ascensor estaban por cerrarse cuando él estiró los brazos para detenerlas y mirar a Ashley a los ojos, esperando encontrar un reflejo de su propia confusión, pero lo que vio le congeló las entrañas. ¡Con un demonio! ¿Kelsey decía la verdad?

Mack durmió en la maldita camioneta porque creyó lo que Ashley había dicho acerca de las reservaciones y que los otros hoteles eran demasiado caros. Asumió que ella no podía costear un entrenador, por eso él había aceptado el acuerdo. Y ahora ahí estaba él, en lo más bajo de la cadena alimenticia y, por lo visto, Ashley estaba en una muy aventajada situación de predador. Mientras miraba sus ojos, llenos de sorpresa y aflicción, el dolor de la traición le quemó las entrañas porque supo que era cierto. No cabía duda.

Ella abrió la boca, lista para defenderse, pero él negó con la cabeza, deteniéndola antes de que pudiera hablar. No había nada que pudiera mejorar la situación. Le había mentido. Una y otra vez. Y mientras tanto, lo había acusado de ser el malo de la historia. Soltó las puertas del ascensor, dio un paso atrás y contempló mientras los paneles de metal cortaban los lazos entre ellos. Por lo visto, la que había estado jugando siempre había sido ella.

*

El barullo de la cantina era un bálsamo para el ánimo inquieto de Mack. Saludó con una inclinación de cabeza a un grupo de novilleros que estaban reunidos alrededor de una de las mesas de billar, y se dirigió al bar, donde pidió un whisky con Coca-Cola. No era su bebida habitual, pero esta noche necesitaba algo más fuerte que cerveza. Algo que le ayudara a olvidar a cierta mentirosa de ojos cafés.

Una hora antes, un sobre se había deslizado debajo de su puerta, distrayéndolo del murmullo constante de la televisión. Al ver lo que contenía, su primer instinto fue romper los billetes en pedazos, pero cambió de opinión rápidamente. ¿Por qué desperdiciar el dinero de Ashley cuando podía usarlo para invitar a un par de verdaderos amigos? Aquellos que no se habían burlado de él.

Cuando le sirvieron su bebida, lanzó algunos billetes a la barra y giró para observar el salón. Estaba a punto de tomar un trago, cuando se detuvo en seco. Gruñó en voz alta. *¡Ah, rayos!* Por supuesto, ahí estaba ella, conversando con dos vaqueros y con la chica que había ganado el segundo lugar en la carrera de barriles, como si se conocieran de toda la vida. ¡Maldita sea su suerte! Pero claro, seguro estaba buscándolo a él, carcomida de culpa por sus mentiras. Con el ceño fruncido, le dio un largo trago a su whisky.

Bernie y Jessica eran buenas personas, pero Mack sabía demasiado del otro vaquero, Luke Ferguson, para ignorar la manera en que tenía el brazo apoyado de modo "casual" en el respaldo de la silla de Ashley. Era joven, imprudente, atractivo, y su manera de tratar a las mujeres hacía que Hugh Hefner pareciera un monaguillo.

Con el ánimo aún más sombrío que antes, se escabulló a una mesa pegada a la pared y bebió un largo trago. Miró cómo ella reía, echando la cabeza hacia atrás. Era como un girasol fresco en un valle de margaritas resecas. Ashley no tenía ni idea de cómo los tipos como Luke manipulaban a las mujeres. Ni idea. ¡Diablos, ella era más inocente que nadie que hubiera conocido! Luke podía oler su inexperiencia, estaba seguro.

Apretando los dientes, apartó la mirada. No, se negaba a quedarse ahí sentado, preocupándose por una mujer a la que claramente él le importaba un comino. Se terminó su bebida, dejó el vaso sobre la mesa con decidido estruendo, y se dirigió a las mesas de billar para jugar con sus viejos amigos. Al menos esa fue su intención. Pero era incapaz de olvidar lo que sucedía allá atrás, y miraba de reojo cada dos minutos, cerrando los puños cuando Luke le acariciaba un brazo o apoyaba una mano sobre su rodilla. Maldito mocoso, ¿no podía contenerse por cinco segundos?

Mack perdió el juego miserablemente. Tomó la derrota y las burlas de sus amigos con mucha clase: invitándoles a todos un trago. Mientras alzaban sus cervezas para brindar por los buenos tiempos, echó un vistazo a través de la cantina y alcanzó a ver cómo Luke se inclinaba para susurrarle algo a Ashley en el oído, rozándole la oreja con los labios. Ella se apartó, pero él la atrajo más y buscó besarle el cuello. Antes de darse cuenta de lo que estaba haciendo, Mack había atravesado el bar a zancadas.

—¡Miren nada más, qué escena tan tierna! —dijo, enfatizando cada sílaba y cruzando los brazos sobre el pecho.

Al escucharlo, ambos voltearon. Luke tenía una engreída sonrisa en el rostro y sus párpados estaban caídos a causa de, Mack habría apostado, más alcohol del necesario. Ashley, por otro lado, parecía un mapache al que hubieran atrapado con las manos dentro del bote de basura. Se puso de pie de un salto, pero antes de que pudiera decir algo, Luke se levantó, le rodeó la cintura con un brazo y la atrajo con fuerza.

—No dejes que el viejo Mack te espante, nena. Sólo está celoso de que encontré a la chica más guapa del bar.

—Y te pegaste a ella como goma de mascar en una bota.

—¡Mack! —dijo ella, en tono de regaño.

¡Dios! Él había ido para arrancarle la sanguijuela que traía pegada ¿y ella lo seguía tratando como el malo de la historia? Luke soltó una risa lubricada de alcohol.

—No le hagas caso. Dejó sus buenos modales en el lodo unos meses atrás, junto con la mitad de sus órganos.

Hace unos años, habrían bromeado alegremente al respecto, pero en ese momento, Mack quería aplastarle la sonrisita contra el mencionado lodo.

—No necesito modales. Conozco a Ashley desde hace mucho, y te puedo decir que es demasiado amable como para pedirte que alejes tus sucias manos.

—Oye, yo creo que Ashley está exactamente donde quiere estar. ¿O no, preciosa?

—Estoy bien, Mack, de verdad —dijo ella, con los labios apretados y mirándolo a los ojos—. ¿Por qué no nos acompañas?

—Vi que te tocaba y tú tratabas de apartarte. Los tipos como Ferguson, no entienden de cortesía, Ash. Y si tú no te defiendes, yo lo haré.

El humor abandonó el rostro de Luke, que frunció el ceño.

—Te estás imaginando cosas, McLeroy.

Ashley lo miró con los ojos muy abiertos, él no supo descifrar si estaba enojada o sólo seria.

—Puedo cuidarme sola, Mack. Olvídalo.

Pensándolo bien, no tenía la menor idea de por qué había ido hacia ellos. Ashley no era su amiga, y él ya no tenía por qué cuidarla más. No necesitaba nada de esto. Si ella tenía tantas ganas de que un imbécil borracho la babeara toda la noche, adelante. Él no tenía por qué intervenir.

—Perfecto —dijo, alzando las manos, exasperado. Pero su mano izquierda golpeó sin querer el hombro de Luke, lo cual considerando su ebriedad, hizo que se tambaleara. Hubo una breve pausa en la que todos, incluyendo a Mack, contuvieron el aliento, sorprendidos y expectantes.

Y después se desató el infierno.

Capítulo 14

A PESAR DE TENER EL OJO MORADO, un brazo con cabestrillo y una expresión tan oscura como una nube de tormenta, Mack seguía siendo irritantemente atractivo. Mientras conducía, Ashley se dedicaba a ignorarlo decididamente. Además, era igual de inmaduro que siempre.

Él la había esperado en la camioneta desde las ocho en punto, con los labios fruncidos y el ánimo sombrío, y aunque permaneció a su lado durante la mayor parte de la mañana, como habían acordado, el silencio entre ellos era tan frío y tan duro como un bloque de hielo.

Incluso ahora, que faltaba poco para su turno en la competencia y ambos miraban cómo arrancaba una de sus contrincantes y luego otra, se negaban a reconocer la presencia del otro. Lo cual a ella le parecía bien. No necesitaba una de sus charlas de motivación esa mañana: sus habilidades le pertenecían y no necesitaba la aprobación de Mack ni de nadie más. Al menos eso era lo que se repetía, ahora que los nervios comenzaban a treparle por los pies.

Castañeando los dientes, Ashley se concentró en el caballo y la barrilera que surcaban la tierra. Bueno, "tierra" era un eufemismo: a diferencia de la última sede, éste era un rodeo al aire libre y el suelo seguía húmedo por la lluvia de la noche anterior. Casi era lodo. Pero podía lograrlo, se dijo. No sería la primera vez que corriera en una pista húmeda. Habría sido bueno que su "amigo" no estuviera transmitiéndole tensión, pero tendría que manejarlo.

Quizás él estuviera arrepintiéndose de la pelea que había provocado por accidente. O de haberse presentado en su mesa para defenderla cuando nadie se lo había pedido. De hecho, lo más probable era que Mack hubiera deseado no haberle pedido ayuda nunca. Ella, ciertamente, lo hubiera preferido también.

Hombres, ¿qué demonios estaba pensando? La noche anterior, antes de huir hacia la salida, lo último que Ashley vio fue a Mack y a otros cuatro vaqueros lanzando puñetazos azarosamente. Al menos dos sonreían como idiotas. Y aunque su lastimosa apariencia había logrado impresionarla, se negaba a preocuparse por él, ya que se había portado como un imbécil.

Cierto, las *atenciones* de Luke comenzaban a pasarse de la raya, pero eso no le concernía a Mack. Ni siquiera tenía sentido que se hubiera presentado en su mesa. Un minuto antes no quería tener nada que ver con ella, ¿y al siguiente estaba peleando por su honor? Él no tuvo la intención de provocar una pelea, le concedía eso, pero ciertamente no había tenido ningún problema en continuarla.

Sólo faltaban tres corredoras antes que ella, así que agitó la cabeza para ahuyentar aquellos pensamientos y montó. Mía parecía percibir la tensión que la inundaba: se movía y resoplaba, nerviosa, ignorando los intentos de Ashley por tranquilizarla.

—¡Vamos, nena! —dijo firmemente mientras se inclinaba hacia delante para darle unas palmaditas en el esbelto cuello—. Dame una mano.

Desde su posición estratégica, podía ver que el terreno estaba peor de lo que pensaba. Ya estaba muy pisoteado y comenzaban a formarse algunos charcos lodosos. Perfecto: un factor más que podría afectar su desempeño esa mañana. Mía reculó.

—¡Basta! —gritó Ashley, corrigiendo a la yegua y apretando las riendas.

Mack actuaba como si ninguna de las dos existiera, de pie, junto a ellas, pero como un centinela inmóvil. Ella apretó la mandíbula. En la noche les esperaba un largo camino de vuelta a casa, y la idea no le entusiasmaba en absoluto. Apenas logró calmar a Mía cuando llegó su turno de correr. Respiró hondo y arrancó hacia al primer barril.

*

Algo no estaba bien. Mack lo notaba en el modo en que Ashley iba encorvada sobre el lomo de su yegua, y en la apenas perceptible falta de sincronía entre ambas al moverse. Pasó de estar enojado a preocupado en breves segundos, lo equivalente a cuatro largas zancadas de Mía. La cosa no pintaba bien. No, señor.

Contuvo el aliento mientras pasaban junto al primer barril y lo rozaban, haciéndolo tambalear antes de que volviera a su posición original. Estuvo muy cerca. Aproximándose más a la valla, Mack sintió que su cuerpo se tensaba y deseaba que ese par se coordinara de una buena vez.

Galoparon hacia el segundo barril y lograron un giro mucho más limpio, pero eso no hizo que Mack se relajara. Enfocado, cerró un poco los ojos para que la visión de su ojo inflamado se aclarara. Tercer barril. Ashley había encontrado su ritmo y esa última vuelta fue mejor que la segunda. Se permitió exhalar, pero entonces algo salió mal, muy mal.

Cuando daban la vuelta, una de las patas traseras de Mía resbaló, arruinando toda la maniobra. El desliz pronto se convirtió en un derrape y en menos de lo que canta un gallo, estaban cayendo. Su corazón se detuvo de un golpe mientras miraba cómo Ashley levantaba los brazos intentando compensar el peso y balancearse, pero ya era tarde, demasiado tarde.

¡Maldita sea! Mack respiró entrecortadamente y salió disparado hacia ellas. El zumbido en su cabeza ahogó los ruidos del maestro de ceremonias, la multitud, incluso el latido de su propio corazón, que había aumentado drásticamente en un instante y golpeaba furioso dentro de sus costillas. Miró horrorizado cómo ambas se desplomaban y el impulso ocasionó que la yegua cayera sobre el cuerpo de Ashley.

Corrió más rápido, ignorando los aullidos de protesta de su espalda, hombro y cabeza. Ashley no llevaba casco. ¡No llevaba ni un maldito chaleco, por Dios! Y él sabía *exactamente* el daño que podía causar un animal de ese tamaño cuando caía sobre una persona.

El miedo inundó su cuerpo mientras observaba cómo el caballo luchaba por incorporarse sin lograrlo, bloqueándole la vista de Ashley. Estaba consciente de que había otras personas dirigiéndose al centro del rodeo y de cómo la multitud se agitaba en las gradas para ver lo que había sucedido, pero todo su ser estaba concentrado en llegar hasta ahí. Dios, ¿y si algo le pasaba? ¿Por qué no dejó de lado las estúpidas e insignificantes diferencias para asegurarse de que Ashley y su yegua estaban listas?

Al fin se deslizó junto a ellas, mientras el personal del rodeo llegaba del otro lado. Los demás se movían tan rápido que parecían desdibujarse, intentando levantar a Mía. La yegua chilló y se quejó cuando la pusieron de pie. Confiando en que alguien se ocuparía de ella, Mack cayó de rodillas junto a Ashley de inmediato. Estaba aturdida y pálida, y sus ojos cafés parecían enormes.

—¿Estás bien? ¿Qué te duele? —le preguntó. Ella intentó sentarse—. ¡No te muevas! —le ordenó bruscamente. Quería arrancarle la ropa y revisarla milímetro a milímetro.

—Estoy bien —dijo ella con voz ronca—, creo que... el lodo amortiguó la caída. ¿Cómo está Mía? ¿Está bien?

A pesar de sus protestas, Ashley logró sentarse. Su sombrero se había caído, así como una de sus botas, y los dos botones superiores de su camisa, pero fuera de eso no había evidencia de un daño grave. Mientras tanto, la preocupación contraía el rostro de Ashley, quien intentaba estirarse para ver a su yegua. En ese momento llegó más gente, incluyendo el paramédico que estaba siempre de guardia en la entrada.

—El personal del rodeo está revisando a Mía —le dijo Mack, lo último que planeaba hacer era abandonar a Ashley. El único ser en el que podía concentrarse en ese momento era en ella. Pero alzó la mirada para ver porque sabía que ella preguntaría por su caballo. Entonces, el temor volvió a cimbrarlo.

¡Con un demonio!

Capítulo 15

ERA DEMASIADO PRONTO para que Ashley lidiara con otra pérdida. El dolor del duelo había definido el último periodo de su vida, y quería dejarlo atrás por mucho, mucho tiempo. Pero después de escuchar al gentil veterinario clínico explicar los hechos de la situación, volvió a sentirse abrumada por aquel sentimiento.

Cuando volvió a la sala de espera, le sorprendió encontrar a Mack sentado en una de las sillas de plástico que estaban pegadas a la pared, con una revista olvidada sobre su regazo. Verlo le recordó por qué había estado tan desajustada aquella mañana y la rabia volvió, acompañando a las demás emociones que se acumulaban en su estómago.

Inhaló profundo, pero eso no hizo nada por calmar su dolor y sus sentimientos de culpa. Comenzó a caminar para dejarlo atrás, pero él se puso de pie de un salto.

—Hey, ¿cómo está?

—No está bien, Mack. No quiero hablar de eso —dijo, intentando avanzar, pero él la tomó suavemente del hombro con

100 · ERIN KNIGHTLEY

su mano sana y flexionó un poco las rodillas para mirarla a los ojos.

—Oye, estoy preocupado. ¿Cuál es el pronóstico?

—¿Estás preocupado por Mía o por nuestro acuerdo?

Se dio la vuelta dirigiéndose a la puerta. El sonido de las botas de Mack golpeteando el suelo le indicó que no se había quedado atrás. No tenía ganas de pelear ni de ninguna clase de confrontación. Sus emociones estaban a flor de piel y el corazón le pesaba dentro del pecho.

—Eso no es justo, Ashley —dijo, cuando la alcanzó en la puerta—. No tienes idea de cómo me asustó esa caída. Tenme un poco de confianza.

Un nudo de impotente furia se alojó en la garganta de Ashley. Por más que quisiera desquitarse con él y culparlo por todo lo que sucedía, en el fondo sabía que la única responsable era ella y que tenía que asumirlo antes que nadie.

—Esa caída me asustó muchísimo también. Lo peor es que todo es culpa mía y ahora mi pobre yegua va a sufrir las consecuencias.

—¿Qué te dijeron? —volvió a preguntar, su voz era gentil pero firme. No iba a dejarlo pasar. Ella se detuvo frente a la camioneta y giró para mirarlo, con las manos en las caderas.

—Tiene la pata fracturada.

—¡Diablos! —susurró él, aunque no parecía demasiado sorprendido—. Sospeché que sería eso, pero de verdad esperaba estar equivocado. Lo siento mucho, princesa. ¿Te dijeron algo más específico?

—Yo tenía esperanzas de que fuera una torcedura, pero los rayos X mostraron una fisura en el segundo metatarsiano.

—¿En qué parte? ¿Superior o inferior?

—Inferior, gracias a Dios. El veterinario dice que hay una buena posibilidad de que se recupere, pero... —Ashley tuvo que interrumpirse para tragar saliva y poder pronunciar las palabras— lo más probable es que no pueda correr de nuevo —dijo, y fue como si algo hubiera golpeado su estómago mientras hablaba. Su conexión con Mía se forjó a través de las carreras. Era lo que las dos más amaban, y eran muy buenas en ello, maldita sea: *eran*.

Mack soltó un largo y penoso suspiro.

—De todos modos, es un alivio —expresó. Los dos sabían lo que podía pasarle a un caballo cuando se fracturaba una pata. La sola idea le revolvía el estómago a Ashley, quien de por sí no estaba en sus mejores días—. ¿El veterinario considera que debe operarla?

—Sí —asintió ella, y suspiró. Su enojo se estaba transformando rápidamente en agotamiento—. Me parece que lo mejor será transportarla a casa para la cirugía.

—Bueno, pues entonces no hay mucho que hacer hoy. Vamos a llevarte de vuelta al hotel para que descanses. Sé que crees que no te lastimaste nada, pero te garantizo que, para el atardecer, vas a comenzar a sentirlo.

Su propio dolor físico era lo que menos le importaba. Fuera lo que fuera, no era nada en comparación a la pena que la carcomía por dentro. Le dio las llaves de la camioneta a Mack, y se subió al asiento del copiloto. Cuando él ocupó el asiento del conductor, ella apartó la mirada, enfocándose en la ventana para que él comprendiera que debía dejarla en paz.

El trayecto al hotel era muy corto, pero se hizo eterno. En el instante en que la camioneta se detuvo, Ashley bajó de un salto y se dirigió a su habitación. Podía escuchar el golpeteo constante de los pasos de Mack detrás de ella, incluso cuando optó por las escaleras, pero nunca le habló ni intentó detenerla mientras se apresuraba a abrir la puerta.

El día ya había durado demasiado. Ashley ansiaba meterse a su habitación, cerrar las cortinas y hundirse en la cama. No podía dejar de pensar en cómo todo había sido un error suyo.

—No es tu culpa, ¿sabes?

Ella alzó la cabeza y lo miró. ¿Cómo supo exactamente lo que estaba pensando? Estaban frente a la puerta de su habitación y la llave ya estaba en la ranura, lista para abrir. Sus facciones mostraban todas las señales del cansancio, algo que ella no había notado cuando había intentado dejarlo atrás en el consultorio del veterinario. Él estiró su brazo sano y le acomodó un mechón de cabello detrás de la oreja, antes de apoyar la mano sobre su hombro suavemente.

—De verdad, no es tu culpa. Los accidentes como éste suceden a veces.

El golpe en el estómago pareció agrandarse.

—Sí lo es. Sabía que no estaba en el estado mental correcto, y que la pista estaba más húmeda de lo que Mía y yo estábamos acostumbradas. Ella pudo percibir todas mis emociones negativas y estaba tensa por eso. Todo andaba mal y yo la forcé a competir de todas maneras.

Mack se quedó en silencio. Estiró el brazo, insertó la llave hasta el fondo de la ranura, abrió la puerta y la guió al interior de su recámara y hasta la cama. Le indicó sentarse en el colchón con un gesto y jaló la silla del escritorio, acomodándose frente a ella.

—Visto a la distancia, todo se ve claro, Ash. Quizá no estuvieras al cien por ciento, pero no había manera de predecir lo que podía pasar. Mía y tú se dedican a correr. No puedes dudar de tus decisiones ni enfocarte en el "hubiera" en un deporte como éste.

Ella negó con la cabeza. Había tantas emociones bullendo en su interior, que no podría haberlas nombrado aunque su vida dependiera de ello.

—Para ti es fácil decirlo. Montando toros, sólo arriesgas tu propio trasero. Pero yo tengo una responsabilidad hacia mi yegua y le fallé. Ahora que mi madre se ha ido, Mía es lo único que me queda en el mundo, y por mi error está herida.

—Sé que estás sufriendo —suspiró él, buscando su mirada—. Sé que te corroe por dentro que Mía esté lastimada. Pero estas cosas pasan. Es mala suerte... Los deportes tienen riesgos. Créeme, yo lo entiendo mejor que muchos. Pero, ¿sabes qué? Incluso levantarse por las mañanas tiene riesgos.

Ashley cerró los ojos. Vaya que lo sabía. La muerte de su mamá fue la más terrible prueba de ello.

—Igual podría haber cancelado la carrera. Es la verdad. Hechos son hechos.

—Oye —dijo él, levantándole la barbilla con los dedos gentilmente. Esperó a que ella abriera los ojos y se encontrara con su profunda mirada de esmeralda antes de continuar—. Mía va a estar bien. Tendrá su cirugía y estará de pie antes de que te des cuenta. Eres una de las pocas afortunadas que puede pagar lo necesario para que se mejore.

Había dicho aquello último sin rastro de resentimiento. De hecho, sonaba complacido de que ella tuviera dinero y pudiera utilizarlo en eso. Suspirando, Ashley se decidió a decir lo que debió haber dicho tiempo atrás.

—Siento no haber sido totalmente honesta respecto a lo que puedo gastar. Estaba enojada y actué mal. Fui mezquina. Si te hace sentir mejor, nadie sabe del dinero.

Mack se recargó en la silla, sus rodillas rozaban los muslos de ella.

—Sólo Kelsey —dijo en tono ligero, y el humor suavizó sus facciones—. Honestamente, me alegro por ti. La vida ha sido muy ruda contigo, y si alguien merece una pequeña compensación por ello, eres tú.

Ashley se mordisqueó el labio inferior, recordando el momento en que se enteró de su herencia inesperada.

—¿Sabes? Hubo un tiempo en que ese dinero habría sido lo mejor que podía pasarme. No exagero si te digo que estaba en una situación realmente desesperada. Pero lo recibí cuando ya no hacía ninguna diferencia.

—¿Por qué lo dices?

Ella tomó una almohada y la apoyó en su regazo. Suspiró.

—Mi padre, si es que se le puede llamar así, no se quedó con nosotras cuando nací, de modo que mamá realmente no conoció a su familia. Todos ellos siempre la consideraron inferior y no quisieron tener nada que ver con nosotras... hasta que mi padre murió en un accidente cuando yo tenía 16 años. De pronto, yo me convertí en la única nieta que tendrían y, de la noche a la mañana, decidieron que era merecedora de su atención. Mamá y yo no mordimos el anzuelo: si no me habían querido antes, ¿por qué creían merecerme ahora? Pero resulta que mi abuelo estableció un fondo para mí de todas maneras. Murió hace tres años y parece que no le avisó a nadie de su familia de ese cambio. Por lo que oí, cuando fue la lectura del testamento, se armó un verdadero escándalo.

Ashley hizo una pausa y volteó a mirar a Mack, maravillada por el hecho de que estuviera realmente interesado. Se puso a juguetear con la funda de la almohada, y continuó:

—El fondo estaba programado para ser liberado en mi cumpleaños número 23. Cinco semanas y un día después de la muerte de mi mamá.

—¡Auch! —dijo él con una mueca.

—Sí. Ese dinero habría hecho toda la diferencia del mundo, sobre todo durante ese último año, cuando estuvimos a punto de perder la casa y cuidando cada centavo para no ahogarnos en deudas. Ahora tengo más de lo que necesito, y no tengo ningún interés en absoluto —declaró.

La realidad era que no había tocado ni un centavo de ese dinero. No había mentido respecto al seguro de vida de su madre, que aunque era modesto, alcanzó para pagar las cuentas y los gastos de los últimos meses.

—¿Por qué nadie de la familia te apoyó, si sabían que el dinero sería tuyo de todas maneras?

—Nadie sabía de la enfermedad de mi mamá, y yo habría preferido caminar sobre carbón ardiente, que pedirles ayuda.

Entonces, él comenzó a armar el rompecabezas en su mente, y ella reconoció el momento exacto en que lo comprendió todo. Mack cerró los ojos por un instante y soltó un lamento.

—¡Oh, soy el imbécil más grande de todo el universo! —se quejó, frotándose la cara con la mano—. Los odias de verdad, y con toda razón, ¿y de todas formas accediste a ayudarme? No tenía ni idea de cómo era la relación con tu familia.

En algún otro momento, habría dejado que Mack experimentara culpa un poco más y después lo habría rescatado, pero esta noche no. Ahora era su confidente, su amigo.

—Para ser totalmente honesta, el tío Alan fue quien vino a verme cuando el fondo se liberó. Parecía realmente afligido al enterarse de la enfermedad de mamá y de su muerte, y me dijo que siempre creyó que vivíamos felices y contentas en Sunnybell, nuestro pequeño y tranquilo pueblito, y que éramos nosotras quienes no queríamos tener nada que ver con su familia. Me abrió las puertas para establecer una relación real con él, pero yo no me sentía lista —explicó. A continuación sonrió, inesperadamente, y le dio un golpecito a Mack en la rodilla—.

Me pareció que esa familia me debía un par de favores y que tú serías la oportunidad que necesitaba.

—Ah, así que soy una oportunidad, ¿eh? —preguntó, juguetón.

Su infantil sonrisa era tan adorable que, a pesar de todo y para su sorpresa, sintió cómo algo en su interior cambiaba. Hablar con él se sentía bien. Podía percibir una conexión real entre ellos, como la que había experimentado aquella noche en la carretera. Se pasó la lengua por los labios y confirmó.

—Sí, definitivamente. Aunque la verdad es que ahora mismo estás un poquito maltratado.

La piel de su párpado había estado cambiando de color y ahora recordaba el tono de un cielo nublado al atardecer, y aunque ya se había quitado el cabestrillo, su brazo seguía un tanto inmovilizado.

—¡Maltratado! Es una linda manera de decirlo —sonrió—, la verdad es que me veo como una presa que un gato atrapó y arrastró por un zorzal, pero bueno...

—No, no estás tan mal. Tú mismo lo dijiste: estarás montando otra vez en unos cuantos meses —dijo ella alegremente. Pero algo en su inmutable expresión y en su nada característico silencio, la puso en guardia. Se inclinó hacia él, buscando sus ojos y le preguntó—: ¿Hay algo que no me estás diciendo, Mack?

Con la punta de los dedos, él dibujó algunas figuras azarosas sobre sus jeans antes de atreverse a mirarla a los ojos.

—¿Recuerdas que te conté que el doctor piensa que mi recuperación tomará al menos un año, aunque yo estoy trabajando para que sea menos?

—Ajá... —dijo ella, animándolo a continuar porque era evidente que había algo más. El tragó saliva antes de continuar.

—No le he dicho esto a nadie, pero desde el accidente, mis manos han estado entumidas y cosquilleando. No tengo fuerza, la perdí. Lo que diga el doctor carece de importancia: si no recupero todas mis funciones, no hay manera de que vuelva a competir. Los que montamos toros vivimos o morimos por nuestro agarre.

Ashley se quedó con la boca abierta. Nunca, ni en un millón de años, creyó que lo escucharía decir algo así.

—Pero... ¿hay posibilidades de que estés bien? Quiero decir, ¿de que puedas volver a montar? —inquirió.

Él hundió la cabeza, asintiendo de algún modo.

—Creo que cualquier cosa es posible, sólo que un poco menos de lo que sería si mis manos estuvieran bien —dijo, y a ella le dolió el corazón. Sabía exactamente cuánto quería volver al rodeo, y entendía lo devastado que se sentía. Además, era una pena silenciosa, porque no se lo había dicho a ni un alma, hasta ahora. Y eligió decírselo a ella.

Ashley dejó la almohada, se acercó y entrelazó sus dedos con los de él. Esperó a que él levantara la mirada y entonces alzó la barbilla orgullosamente para decir:

—No importa lo que pase, vas a estar bien, Mack. Los dos lo estaremos. Incluso si tenemos que cambiar nuestros planes: todo saldrá bien.

—¿Estás segura? —preguntó él con débil voz, apretando sus dedos sin perder el contacto visual—, porque yo soy un desastre total, por si no te habías dado cuenta.

Ella levantó las manos de ambos y las llevó hasta sus labios, besando las puntas de los dedos de Mack.

—Estás reajustándote. Sé que cuando pase la crisis saldrás bien librado. En especial cuando las chicas vean el comercial de Sagebrush en el que vas a participar —dijo, y bajando su voz hasta convertirla en un susurro, agregó—: creo en ti.

Volteó las manos y besó sus palmas, una y luego la otra. Alzó la mirada, y vio que él la observaba, con sus ojos de jade intensos pero quietos.

—No te merezco, Ash.

Sin una palabra, ella se levantó, alzó una pierna y se sentó sobre su regazo. La respiración de él se aceleró, Ashley podía sentir cómo su musculoso pecho se movía con cada inhalación y exhalación. Pero fuera de eso, él permanecía inmóvil. Le dejó las riendas, esperando a ver qué hacía. Su propio corazón latía salvajemente, recordándole lo que sentía desde la preparatoria. Pero esto era diferente, mejor. Ya no eran unos niños y ella sabía lo que quería.

—Los dos cometimos errores —dijo—, el asunto es que nunca te superé, no realmente. Y ahora mismo, no quiero hacerlo.

Rodeándole el cuello con los brazos con el mayor cuidado, puso sus labios en los de él y lo besó.

Capítulo 16

SENTÍA QUE ESTABA VIVIENDO una escena que venía directamente de sus fantasías. La increíble y hermosa Ashley, tan inalcanzable, lo envolvía entre sus piernas, besándolo como si fuera el único hombre sobre la faz de la Tierra. Se mantuvo totalmente quieto, dejándola hacer lo que quisiera sin influirla o guiarla de ninguna forma. ¡Por Dios, aquello era más ardiente que el mismísimo infierno!

Sus lenguas se enredaron mientras los brazos de ella se tensaban alrededor de su cuello. Los suaves dedos se pasearon por su cabello, provocándole una especie de escalofríos totalmente diferentes a los que había sentido últimamente a causa del dolor: ahora todo se sentía bien. Increíblemente. Se contuvo de tocarla por un rato más mientras se besaban, con el corazón golpeándole el pecho y la entrecortada respiración acelerándose cada vez más.

Finalmente, justo cuando él no creyó que aguantaría por

mucho más tiempo, ella se separó de sus labios, lo miró desde arriba con los párpados caídos y susurró:

—¿Nos vamos a la cama?

—Definitivamente —replicó él, imprimiéndole un cúmulo de emociones a aquella palabra.

Ella sonrió, contenta y tranquila. Se puso de pie y se quitó la ropa prenda por prenda mientras él, hechizado, miraba desde la silla. No podía creer lo bella que era. Sí, ante sus ojos era perfecta. Su desnudo no fue tan artístico ni tan lento, y en cuestión de instantes cayeron juntos sobre las sábanas.

Esta vez él tomó la iniciativa, explorando su piel con las yemas de los dedos, cada cima, cada valle, mientras su lengua se concentraba en recorrer la suavidad de su boca. Se dedicó a saborear cada centímetro, sintiendo que llevaba años, toda la vida esperando. Había sido un pobre idiota todos esos años y tenía toda la intención de compensarlo una y otra vez aquella noche.

Tras un largo y profundo beso, ella se apartó y sonrió.

—Quiero que vayamos lento. No quiero que se agrave ninguna de tus lesiones.

—Preciosa —dijo, con una sonrisa amplia y llena de promesas—, tenemos toda la noche.

Se tomaron su tiempo, tranquilos y felices, ofreciendo y tomando placer en igual medida. Los dedos de ella recorrieron cada una de las cicatrices, viejas y nuevas, repartidas a lo largo de su varonil cuerpo. Su boca encontró el cuello, los lóbulos de las orejas y el delicioso camino que bajaba hasta sus músculos abdominales.

Él, por su lado, se dedicó a recorrer cada parte de Ashley, sin olvidar ni una sola caricia, ni un solo suspiro. Para su sorpresa, ella fue quien colocó un preservativo de la mesita de noche. Al ver sus cejas arqueadas, Ashley sonrió con unos ojos oscuros, traviesos y sugerentes.

—Con el asunto de las habitaciones contiguas, me pareció que más valía estar preparada —dijo.

Él se recostó y la miró mientras hacía los honores.

—Tú... ¿pensaste que esto podía pasar? —preguntó perplejo, y su áspera voz estaba llena de deseo y esperanza. Ella se acostó sobre él, con sus pechos rozándole el torso, y se inclinó hasta juntar su nariz con la suya.

—*Lo deseaba* —susurró sobre sus labios, y ante esto Mack no pudo contenerse más, atrapándola con labios, brazos y piernas en un apasionado beso, con el deseo corriendo por sus venas. Intentó voltearse, pero ella lo empujó suavemente hacia el colchón y le dedicó la sonrisa más seductora que hubiera visto en su vida.

—No, no, vaquero. Esta noche las riendas las llevo yo.

¡Sí! ¡Diablos! ¡Sí! Esta noche, él le pertenecía por completo.

*

A la mañana siguiente, cuando Ashley despertó, la brillante luz del sol se colaba entre las cortinas de la habitación. Al abrir los ojos y encontrarse con Mack tumbado en la cama junto a ella, sonrió. Su hermoso cuerpo marcado de cicatrices estaba cubierto por nada más que una delgada sábana blanca.

Había pasado mucho tiempo, demasiado, desde que había disfrutado de la compañía de un hombre de ese modo, pero tras esa noche sabía que la espera había valido la pena. Mack había superado cualquier fantasía que ella tuvo respecto a cómo sería estar con él, empezando con aquellos besos que la habían electrizado hasta los dedos de los pies y llevándola al clímax no una, sino dos veces. ¡Dos!

Francamente, si era así de bueno estando lesionado, apenas imaginaba cómo sería vivir la misma experiencia con él en todo su esplendor. Suspiró y le echó un vistazo al reloj despertador sobre la mesita. Parpadeó un par de veces, incrédula, y se puso de pie de un salto.

—Mack —dijo, revolviendo su maleta en busca de ropa interior limpia y un sostén—. Mack, tenemos que dejar las habitaciones en menos de diez minutos. Tenemos que irnos *ya*.

Él se quejó y se movió bajo la sábana, estirándose. La miró con un ojo entreabierto.

—¿No preferirías pedirle al hotel que nos dejen salir más tarde, y quedarte aquí en la cama conmigo? —preguntó con su voz adormilada, y sonriendo perezosamente. Se veía tan guapo que Ashley sintió mariposas en el estómago. Tras ponerse una camiseta a toda prisa, se inclinó para darle un beso.

—Claro que lo preferiría, pero tengo que ir al veterinario para ver cómo está Mía. Quiero saber cómo pasó la noche.

La gloriosa bruma en que se había metido la noche anterior,

comenzaba a disiparse. La realidad volvía a ocupar sus mentes y la preocupación era evidente en el rostro de Ashley. Él suspiró y se incorporó, asintiendo adormilado.

—Para la próxima, entonces —dijo, y moviendo juguetonamente las cejas, agregó—: quizá la próxima vez sea hoy en la noche.

—Ya veremos —respondió ella, pero no pudo evitar sonreír—. ¿Podrías ayudarme en lo que voy a pagar?

Cuando lo vio asentir, se puso sus jeans y sus botas, cerró su maleta y se cepilló los dientes a toda velocidad. Cuando llegó a la recepción, eran las once en punto. Llevaba el sombrero inclinado hacia abajo, ocultando su despeinada cabellera, y su maleta colgaba de su hombro. Estaba hurgando en su bolsa en busca de su cartera, cuando escuchó la conversación de las dos mujeres que esperaban delante de ella en la fila. Y se quedó helada.

—¡Pobre yegua! Por la manera en que la chica esa la estaba montando, no tenía la menor oportunidad. La hermana de Bobby, la asistente del veterinario, me dijo que tiene la pata rota.

—¡Qué pena! —dijo la del sombrero rosa, negando con la cabeza y agitando sus rizos castaños—. Parece una buena chica, pero se nota a leguas que acaba de empezar. Dicen que Mack la ayudó por lástima. Parece que hace unos meses su mamá se murió de cáncer o algo así... ¡Pobre! Seguramente era el momento de concederle un deseo, ¿sabes? De esos que te cumplen antes de morir o algo así. Y creo que ella y Mack fueron novios durante la preparatoria. La chica no es de mal ver, así que me imagino que algo ganó Mack.

—Siempre gana algo, ¿no?—dijo la otra, y las carcajadas de ambas resonaron en la recepción.

¡Por Dios! Ashley sentía como si la hubieran golpeado en el hígado. Se quedó ahí parada, intentando no hiperventilarse y manteniéndose erguida como una persona normal. Todos sus miedos volvieron en avalancha. La caída había sido culpa suya, había sido evidente para ella y para todo el mundo. ¿Y Mack? Recorrió los eventos de la noche anterior en su cabeza, recordando cómo, en cada oportunidad, la que había provocado las cosas había sido ella.

Ella lo había besado, ella se había sentado en su regazo, ella le había sugerido irse a la cama, se había quitado la ropa, había sacado el condón y hasta se lo había puesto. Había guiado los sucesos desde el principio y hasta el final. Y no es que creyera que Mack no lo había disfrutado: de eso no había duda. Pero se había dejado llevar por ella casi todo el tiempo. Ashley sintió una profunda conexión con él, imaginó que entre ellos, esa noche, había florecido algo dulce y especial. Quizás esa noche sólo sucedió porque el día había sido demasiado difícil y sus emociones habían estado a flor de piel.

La vergüenza resbaló por sus entrañas hasta cubrirla por dentro y sus mejillas ardían de aflicción. ¿Por qué no se había dado cuenta? Para ella, la noche había sido tierna y llena de significado, pero ¿para él? Un intercambio de placer entre amigos.

Con el corazón golpeándole el pecho, se dio media vuelta y se fue de la recepción sin importar que aún no hubiera hecho el trámite de salida. Fue directamente hacia la camioneta, la abordó, cerró la puerta y recargó la cabeza en el volante. Inhaló profundo una y otra vez, intentando calmarse.

Era una completa idiota. Se había lanzado a perseguir aquel sueño loco que tenía, sin detenerse nunca a considerarlo racionalmente. No era una reina del rodeo a la que simplemente se le había negado la oportunidad. Era una principiante que disfrutaba correr en su jardín, nada más. Y Mack no era un chico malo en brillante armadura. Era un buen tipo, un viejo amigo que había aceptado el trato porque beneficiaba a ambos. Ya no estaba en edad de creer en cuentos de hadas: las heridas de Mía eran la prueba.

Las puertas de la recepción se abrieron y Mack salió del hotel, con una confiada sonrisa en su atractivo rostro. Ashley respiró hondo y se forzó a ofrecerle una tibia sonrisa. Ya había sido suficiente. Se marcharía a casa y pondría toda su energía en la recuperación de su yegua. Le ayudaría a Mack con la campaña de Sagebrush porque era su amigo y porque se lo había ganado con todas las de la ley. ¿Pero después? Cuando cumpliera su parte del trato, se alejaría de todo aquello y volvería a su vida anterior. Sus días como jinete llegaban a su fin.

Capítulo 17

—¡HOLA! ¿A QUÉ DEBO ESTE PLACER? —dijo el tío de Ashley con una cálida sonrisa, mientras rodeaba su escritorio.

Traía un par de jeans Sagebrush, una camisa blanca con corbata bolo y una chaqueta de pana café: era la mejor representación del atuendo "ejecutivo informal" para vaqueros. Sus botas no parecían haber rozado jamás el polvo, aunque al darle la mano, Ashley sintió que sus palmas y dedos estaban encallecidos.

—Tío Alan... hola —dijo, aunque era raro llamarle con ese título, tras tantos años sin una familia—. Espero no interrumpir.

—Me da mucho gusto verte. Es un buen momento porque justo iba a salir a comer algo. ¿Te gustaría acompañarme?

—Suena bien, pero me preguntaba si podíamos tratar un pequeño tema de negocios antes —dijo.

Creyó que se sentiría nerviosa, pero estaba extrañamente

confiada. Después de todo, se trataba del negocio de su familia. Alan alzó las cejas con sorpresa mientras un destello de curiosidad iluminaba sus ojos azul oscuro. Eran del mismo color que los de su padre: ella lo había visto en algunas fotos que su madre había conservado. Además de ellos dos, había una hermana, que nunca intentó acercarse a Ashley o a su madre. Debió ser su hijo quien se quejó de la herencia dividida, pues los hijos de Alan apenas llegaban a la pubertad. Qué extraño resultaba que toda aquella gente fuera su familia. Pero ya era momento de que empezara a verlos de esa manera.

—De acuerdo, te escucho —concedió, señalando el par de sillas forradas en piel frente al escritorio. Después, él se sentó en su silla giratoria, entrelazó los dedos y preguntó—: ¿De qué te gustaría hablar?

—De Mack McLeroy.

—¿El jinete de toros? —preguntó, ladeando la cabeza confundido.

—Sí —replicó ella, intentando ignorar el pequeño salto que su corazón dio sólo por pensar en él—. Es un amigo de hace mucho tiempo, y me tomaría la cancelación de su contrato de modo muy personal.

Alan se movió en su silla, incómodo por primera vez desde la llegada de su sobrina.

—Pero... Ashley, eso son negocios, nada más. Necesitamos alguien que el público reconozca para representar nuestra marca. Si no puede trabajar y queda fuera de las competencias, deja de ser reconocido y entonces incumple su parte del trato.

Reuniendo todo el aplomo y la confianza que había acumulado en sus años de desfiles, Ashley enderezó los hombros y miró a su tío directamente a los ojos.

—Tú y yo sabemos que no hay nadie mejor que Mack para esto. Es el epítome de todo lo que esta marca representa. Es rudo, intrépido, habilidoso y guapo. Es un tejano hecho y derecho, y tiene un tipo de... de arrogancia, de dignidad, que pondría celoso hasta a John Wayne. Si lo pones en tu comercial, nadie va a pensar siquiera en que lleva unos meses fuera de juego. Lo único que hará es generar más expectativa para su retorno —declaró con solemnidad. Ignoró con toda conciencia la posibilidad de que Mack nunca se recuperara. Tenía que asumir que estaría bien. ¡Diablos, conociendo a Mack, tenía suficiente fuerza de voluntad como para hacer realidad cualquier cosa!

—Aprecio tu pasión —dijo su tío, acomodándose en la silla y mirándola, pensativo—, pero tenemos que pensar en nuestra marca de manera racional, no con el corazón.

—Yo estoy pensando en tu marca. La misma gente que quiere comprar tus productos quiere ser Mack o salir con él. Te reto encontrar alguien mejor.

—No niego que ése es un buen argumento —replicó el tío Alan, inclinando la cabeza hacia delante—, pero ya contratamos a otro modelo para ese comercial.

Ante esa declaración, Ashley se quedó súbitamente sin aliento. Jamás se le habría ocurrido que buscarían a alguien tan pronto. ¡Maldita sea! Lo último que quería era fallarle a Mack, después de todo lo que había hecho por ella; se lo debía.

—Sin embargo... —dijo su tío, mirándola de arriba abajo como si ella fuera una res en una subasta de ganaderos— me parece que puedo ofrecerte una alternativa.

La esperanza renacía de las cenizas. Ashley enderezó la columna y respiró hondo.

—Soy toda oídos.

*

—Te tengo una buena noticia y una mala.

Mack se dio la vuelta para ver a Ashley de pie frente a él, fresca como una margarita en sus pantalones cortos color blanco y camisa de botones amarilla. Se puso de pie de un salto y se enjugó el sudor lo mejor que pudo con una toalla deportiva.

—Yo diría que la buena noticia es encontrarte aquí, en mi garage convertido en gimnasio. ¿Cómo estás?

Ella se había alejado completamente desde aquella mañana en el hotel, una semana atrás, que él se cuestionaba si había hecho algo para enfurecerla una vez más. Se lo preguntó directamente un par de veces, pero ella le dijo que era preocupación por Mía y la cirugía, y al final había decidido dejar de insistir. No obstante, durante la última semana había extrañado su compañía. Se había acostumbrado a la convivencia, eso sin mencionar la increíble noche que habían compartido.

Ashley se encogió de hombros y le dirigió la impersonal

sonrisa que parecía haber perfeccionado desde aquella mañana.

—Estoy bien. La operación salió bien, pero la recuperación es una infamia. Va a ser una batalla difícil para mi yegua.

—Lamento escucharlo —dijo él, negando con la cabeza—. Algo sé de luchas y recuperación —añadió con una triste sonrisa.

Tomó su botella de agua, le dio un trago y luego se salpicó el resto en la cara. No era una ducha, pero bastaría por el momento. Lo que realmente quería era envolverla en un abrazo, pero sabía de la aberración entre las mujeres y el sudor, así que mantuvo su distancia.

—Pues sí, ni hablar. Saldremos adelante. Pero escucha esto: hablé con mi tío ayer y aceptó respetar tu contrato.

Una oleada de alivio lo recorrió, haciéndolo vibrar. *Gracias a Dios.*

—¡Diablos, Ashley! ¡Eso es increíble! Ni siquiera sabía que tenías planeado reunirte con él —exclamó.

Ciertamente, él no había querido preguntar. Aunque necesitaba recuperar ese trabajo, Ashley había pasado por muchas cosas como para presionarla con eso.

—No te emociones demasiado —advirtió ella, haciendo una mueca—. Ya habían contratado a otro modelo para la sesión de fotos que tú debías hacer originalmente. Mi tío Alan aceptó trabajar contigo en una nueva campaña, pero es un poco diferente.

—¿En qué sentido?

—Bueno... vas a tener que compartir reflectores conmigo.

Mack inclinó la cabeza a un lado. Eso no le parecía una mala noticia en absoluto.

—¿Qué tiene de malo?

—Que es una tontería. Es un anuncio para su nueva línea de jeans para mujeres, y quieren que una pareja haga las fotos. Le dije que tú y yo no nos adecuábamos para hacer de novios, pero él insistió. Dice que mi antigua fama como reina de belleza podría ayudarle a la marca. No dio su brazo a torcer.

La manera casi fastidiada con la que ella rechazó la posibilidad de que pudieran ser novios, aunque sólo fuera para un comercial, lo desconcertó. Se cruzó de brazos y la miró con el ceño fruncido.

—Pues a mí la idea de nosotros como pareja no me parece absurda —dijo—. Y yo diría que, al menos, hay mucha, pero *mucha* química entre nosotros. Eso creo yo.

¿Qué demonios? ¿No le habían prendido fuego a las sábanas una semana atrás? Ahí estaba él, más que listo para un segundo acto, y ella se comportaba como si no quisiera volver a verlo nunca más.

Ashley agitó la mano como si estuviera espantando un mosquito.

—¡Ay, por favor! Eso fue una vez, durante un día difícil, en el que yo tuve una experiencia muy traumática y simplemente provocamos una distracción conveniente para los dos. De ahí, a fingir que nos miramos a los ojos apasionadamente para un estúpido comercial, hay mucho trecho.

¿Una distracción? ¿Qué? Mack la miró, totalmente anonadado, sin saber qué decir.

—Ashley... —comenzó, pero ella lo interrumpió de inmediato.

—No, no es necesario —dijo, encaminándose a la puerta—. Los dos somos adultos. No quiero que ninguno le dé a esa noche más importancia de la que tiene.

Auch. Él creyó que había significado algo, para él fue más que sexo: habían conectado. Compartieron pensamientos y eventos de sus vidas.

Él se sinceró como no lo había hecho con nadie más. Se envolvió la toalla en la nuca y buscó su mirada. Ella lo esquivó y parecía lista para huir en cualquier momento. Y prefería que lo hiciera. Lo último que él quería era incomodarla. Con sólo ver la tensión en sus hombros y la fina línea de sus apretados labios, supo que no era el momento de discutir el asunto.

—Muchas gracias por ayudarme —dijo al fin, encogiéndose de hombros—. ¿Cuándo es la sesión de fotos?

Ella le dio todos los detalles y Mack contempló cómo se marchaba a toda prisa, o más bien cómo huía. La dejaría irse esta vez, ¿pero cuando se reunieran para la sesión? Entonces sí que no la dejaría escapar. Pretendía demostrarle cuánta química había entre los dos.

Capítulo 18

ASHLEY DESEÓ haberse mantenido firme cuando, inicialmente, le había dicho a su tío que no haría el comercial. Ahora estaba de pie a la mitad de Texas, en un campo desierto al atardecer, junto al hombre al que estaba tratando de olvidar durante las últimas dos semanas. Realmente lo había intentado. Así que, definitivamente, ésa no era su idea de diversión.

Cuando terminaron de instalar la iluminación y colocarles la ropa y el maquillaje, el camarógrafo subió a una escalera y se encaramó en el último peldaño. Todo estaba listo y en su lugar... menos el corazón de Ashley. Contempló anhelante su camioneta estacionada a la distancia y suspiró.

—No te preocupes, princesa —canturreó Mack alegremente—, te ves increíble.

A pesar de sus continuados esfuerzos por evitarlo, no tuvo otra opción que alzar la mirada para encontrarse con sus, hermosos y ahora conocidos ojos verdes. Él estaba dando absolutamente todo lo que ella le había prometido a su tío Alan: los jeans le quedaban como si hubieran sido confeccionados para él y la camisa de mezclilla, abierta sobre su torso, hacía gala de sus marcados abdominales. Le habían pedido que se dejara crecer la barba por unos cuantos días, y la oscuridad de sus mejillas le afilaba las facciones y lo hacía ver varonil y sensual. En pocas palabras, era imposible permanecer tranquila ante alguien tan perversamente atractivo. Lo último que necesitaba era perder control de su corazón cuando apenas había comenzado el trabajo de repararlo.

—Sí, no dudo que los peinadores y maquillistas hagan bien su trabajo. Pero no quiero estar aquí —dijo.

—Siento mucho escucharlo. Quizá pueda hacer que la pases mejor —replicó él con una leve sonrisa.

Antes de que ella pudiera formular alguna respuesta para su extraña ocurrencia, el fotógrafo, un tipo alto y delgadísimo llamado Paul, puso orden.

—A ver, gente bonita. Es hora de vender pantalones de mezclilla. Por el momento, los voy a dejar libres, así que hagan lo que les parezca natural. Quiero ver miradas intensas, contactos furtivos, fuego... Quiero ver sus hermosos cuerpos abrazándose y besándose apasionadamente. ¿Creen que puedan darme algo de eso?

Aunque Ashley quería decir que no, asintió junto con Mack.

—Excelente. No paren hasta que yo se los indique, ¿está bien? —dijo Paul.

Mack respondió con una sonrisa de oreja a oreja y, sin apartar jamás sus ojos de los de ella, dijo:

—¡Sí, señor! —la afirmación sonaba tan prometedora, sobre todo con aquellas pupilas clavadas en Ashley, quien no pudo evitar ruborizarse.

—Pues adelante —ordenó Paul, y un segundo después, el obturador de la cámara comenzó a sonar.

—Por cierto —canturreó Mack, mirándola como si fuera la única mujer en todo el estado de Texas—, ¿ya te dije que te ves impresionante en esos jeans?

Aunque Ashley le había ordenado a su cuerpo hacer todo lo posible por ignorar sus exagerados encantos, su estómago decidió ignorarla a ella: en el momento en que él le acarició el mentón con un dedo, sintió mariposas en el estómago de una forma casi incontrolable.

—Esas son buenas noticias. Mientras más jeans venda este anuncio, mejor —dijo, muy seria.

La habían vestido con una camisa de mezclilla azul pálido que combinaba con la de él. Todos los botones estaban abiertos y el sostén de encaje negro que asomaba por debajo era más sugerente que cualquier cosa que hubiera comprado en su vida.

Él le acarició el cuello para un par de tomas y sus dedos bajaron por la camisa abierta.

—Aunque bueno, comparados con ese sostén, los jeans se quedan atrás —murmuró, mirándola con los párpados entrecerrados mientras la atraía hacia él con suavidad y firmeza a la vez—. Muy, muy atrás.

Ella sintió mariposas otra vez y tragó saliva.

—Lo eligieron los vestuaristas —declaró.

Él negó con la cabeza, lenta y deliberadamente.

—Te podrían poner sacos de papas e igual me dejarías sin aliento. Como siempre —afirmó, bajando su brazo hasta rodearle la cintura.

Ella tuvo que repetirse que todo aquello era un espectáculo para las cámaras y nada más.

—Eres muy bueno para esto, ¿sabías? —le dijo, permitiéndose poner sus manos en la piel expuesta de su estómago. Para las cámaras, por supuesto.

—Ajá —musitó Mack, y se inclinó para presionar los labios en su cuello—, es muy fácil cuando no tienes que fingir.

Ella echó la cabeza hacia atrás, ofreciéndole acceso total a su cuello, y él subió hasta el lóbulo de su oreja. El corazón de Ashley comenzó a golpear sus costillas furiosamente, y ella decidió que lo mejor para el comercial sería no suprimir sus reacciones. Ya se preocuparía de poner límites a la relación después.

—Me encanta el aroma de tu cabello —le dijo Mack al oído mientras hundía las manos en los bolsillos traseros de sus jeans, apretando apenas lo suficiente para hacerla jadear—, me recuerda el mejor verano de mi vida —susurró, y siguió besándole el cuello, provocándole gemidos de placer—. ¡Ah sí! ¡Cómo olvidarlo! Había una chica muy dulce, hermosa, de ojos cafés que me tenía tan loco, que yo ya no sabía distinguir la izquierda de la derecha.

—¿Ah, en serio? —preguntó ella en un suspiro mientras se recargaba en su pecho.

—Sí, en serio —replicó él, acabando de atraerla por completo y dándole un beso tan ardiente que hasta sus botas parecieron prenderse en llamas.

Ashley permitió que el mundo entero se perdiera en el fondo y se abandonó por completo a su abrazo. La boca de él era insistente y posesiva, sus manos gentiles y ansiosas a la vez. Cada célula de su cuerpo parecía consumirse por él; sus sentidos, abrumados, lo anhelaban sin tregua. Después de quién sabe cuánto tiempo, él dejó de besarla y buscó su oreja de nuevo. Lamió y mordisqueó su lóbulo, enviando olas de sensación por todo el cuerpo de Ashley, quien clavó los dedos en los músculos de los brazos que la rodeaban.

Él se apartó para mirarla directo a los ojos, pero la mantuvo tan cerca que su visión estaba borrosa.

—No quiero volver a echar esto a perder —dijo, y su aparente franqueza hizo vibrar el corazón de Ashley—, significas demasiado para mí.

Había tenido suficiente. La actuación de Mack estaba saliéndose de control y ella ya no podía seguir con aquel peligroso juego. Retrocedió bruscamente, sorprendiendo al fotógrafo. Entonces notó que tanto los estilistas y maquillistas, así como los encargados de la iluminación, los habían estado mirando fijamente, anonadados.

—¿Creen que ya tenemos lo necesario? —preguntó Ashley, usando sus últimas fuerzas en mantener su voz firme.

Paul asintió, demasiado estupefacto o demasiado sorprendido como para hablar. *Gracias a Dios.* Ella no podía aguantar ni un minuto más de aquello. Era una tortura. Dulce, deliciosa e insoportable tortura. Se cerró la camisa a toda prisa, esquivó a Mack y se encaminó a su camioneta. Se detuvo el tiempo suficiente para anunciarle a una de las estilistas que le enviaría la ropa a su oficina a lo largo de la semana. Después, escapó... una vez más.

Se encaminó directamente a su casa. Ahora sí le quedaba claro: debía volver a la vida previa a ese estúpido sueño infantil. Se retiraría, antes de que Mack llegara y pusiera todo patas arriba, ahora que Mía estaba sana y su futuro parecía tan borroso como nunca.

Tras algunos días, creyó que había olvidado lo que sentía por él.

Pero entonces, una semana después, sonó el timbre.

Capítulo 19

HAY MOMENTOS EN LA VIDA de un hombre, en los que debe entender una indirecta. Otras veces, hay que saber si has encontrado algo por lo que vale la pena luchar, algo que sólo se cruzará en tu camino una vez en la vida; o dos, si eres un tipo con mucha suerte.

Y Mack se sentía afortunado.

Podía reconocer algo bueno cuando lo veía y no había manera de que se le fuera de las manos por segunda vez. Ashley llenaba una parte suya que había estado vacía por años. Ni siquiera se había dado cuenta, hasta que ella se había ido otra vez, negándose a aceptar que había un sentimiento realmente especial entre ellos.

Así que, si ella insistía en retroceder, él compensaría la distancia acercándose. No importaba si se iba de bruces. Al menos tenía que intentarlo.

Podía sentir cómo su sangre corría por sus venas velozmente, mientras escuchaba el sonido de sus zapatos aproximándo-

EL REGRESO · 131

se a la puerta. Cuando al fin se abrió, vio a Ashley por un instante y pudo soltar la exhalación que había estado atorada en
su pecho por días.

Estaba tan hermosa, enmarcada por la madera en la luz de
la tarde... Sus ojos parecían bronce derretido a los rayos dorados del sol. Pero resultaba que lo que sentía por ella iba mucho
más allá. No era su apariencia lo que lo dejaba sin aliento: era
ella.

Toda ella.

La mujer a la que amaba.

La mujer a la que se negaba a perder.

Pero la sorpresa en su rostro pronto se convirtió en una cosa
bastante cercana al disgusto.

—Mack, ¿qué haces aquí?

No era la bienvenida que él había esperado, pero al menos
no le había azotado la puerta en la cara esta vez. Mack inclinó
la cabeza hacia a la entrada del terreno y dijo, simplemente:

—Ven conmigo.

No esperó a ver si ella lo seguiría y caminó hasta su camioneta. Tras unos cuantos segundos, escuchó el golpeteo de sus
botas bajando los escalones del portal a toda prisa para alcan-
zarlo.

—¿A dónde vamos?

—A mi camioneta —respondió.

Rodearon la esquina de la casa y ella se detuvo, con las cejas
levantadas.

—¿Te compraste una nueva?

Él rio.

—Al menos para mí es nueva. Vendí la otra para comprar una que pudiera arrastrar un remolque.

El dinero de los comerciales fue generoso, pero no excesivo. Había pasado algunos días considerando sus opciones con cuidado, y llegó a la conclusión de que no necesitaba un vehículo nuevo, sino uno con esa característica específica.

—Espera un segundo... ¿compraste un remolque?

—No se te va una, ¿eh? —bromeó él con un guiño.

El remolque era grande y plateado, y estaba enganchado a la parte trasera de la camioneta que acababa de adquirir.

—No entiendo... ¿para qué necesitas un remolque?

Él sonrió y señaló con una mano.

—Ven a verlo por ti misma.

*

Seguía un poco desubicada por haberse encontrado a Mack ahí frente a su puerta, de la nada. Se veía bien, como si al fin hubiera encontrado algo de paz en su vida. Ashley se forzó a meter las manos en sus bolsillos para no hacer algo que pudiera avergonzarla. Como echarle los brazos al cuello y nunca más dejarlo ir, por ejemplo.

Tomando aire para calmarse un poco, rodeó el remolque para descubrir lo que él se traía entre manos.

—¡Oh, Dios mío! ¿De dónde salió esta belleza? ¿Es tuya? —exclamó Ashley, apresurándose hasta la hermosa yegua gris que masticaba hierbas felizmente.

Como él no respondía, ella volteó y se lo encontró recargado en el remolque, mirándola con sus ojos verdes resplandecientes, pero inescrutables. Poniendo los brazos en la cintura, lo enfrentó:

—Mack, ¿qué sucede?

Él caminó hasta ella y se acercó a darle unas palmadas a la yegua en el musculoso cuello.

—Lo que sucede —comenzó, hablando en voz baja y profunda—, es que te estoy mostrando que tengo la convicción de que puedes ser una campeona. No quiero que te rindas a causa de lo que pasó. Te apoyo, al cien por ciento, y por eso te alquilé un caballo.

—¿*Qué?* —exclamó ella con los ojos muy abiertos.

—Una de mis amigas está embarazada y no puede competir por los próximos seis meses. Le alquilé esta bella yegua, Mercedes, que es su campeona de carreras de barril, para que acabes lo que empezaste.

Ella lo miró, estupefacta.

—¿Qué? ¿Cómo? ¡Por Dios, Mack! ¿Estás loco? ¡No puedo aceptar esto!

—¿Por qué no? —preguntó simplemente, como si estuviera ofreciéndole una goma de mascar.

Ashley se esforzó en encontrar alguna razón coherente, y al final balbuceó:

—¡Porque a la única que he montado es a Mía! Es mi compañera y no puedo abandonarla por otro caballo. Hemos pasado demasiadas cosas juntas —dijo, y su garganta se cerró al pensar en su dulce yegua, que se encontraba en reposo.

Mack apoyó las manos sobre sus hombros y encontró sus ojos.

—A ver, querida: en este deporte, la jugada puede cambiar de pronto, pero cualquier vaquero o vaquera digno de ese título, seguirá a pesar de los golpes. Volverás a competir con Mía cuando se haya curado, pero mientras tanto, sé que tienes el espíritu, el talento y el empuje para ser una campeona. Y, preciosa, planeo estar aquí para cuando eso suceda.

Su discurso fue tan honesto, tan directo, que ella supo que Mack creía absolutamente en lo que estaba diciendo. Aunque, de cualquier forma, se hallaba llena de dudas. ¿Y si volvía a fracasar? ¿Si lastimaba a este segundo caballo? ¿Qué significado tenía que Mack quisiera hacer eso por ella? Ni siquiera podía pensar en todas las preguntas que tenía al respecto.

Retrocediendo, él le tendió la mano.

—Si nos vamos ahora, podemos dirigirnos al norte y llegar unos días antes al rodeo para el que te inscribí semanas atrás. Eso te dará algo de tiempo para conocer a la señorita Mercedes y que las dos se coordinen. Ya hablé con el veterinario y se comprometió a cuidar a Mía —dijo, e inclinó la cabeza a un lado, rogándole que aceptara en silencio—. ¿Qué dices, princesa?

Ella miró la mano que la invitaba, luego a la yegua, y al final miró los ojos implorantes de Mack. Con su corazón galopando en su pecho, respiró profundo y accedió.

—Voy por mis botas.

Capítulo 20

MACK NUNCA ESTUVO TAN NERVIOSO antes de una competencia en toda su vida, y ni siquiera participaría él. Había algo en las carreras de Ashley que lo llevaban al límite. Sólo había dos contrincantes antes que ellos. Él estaba de pie junto a su protegida, con la mano en su pierna para reconfortarla y recordarle que estaba ahí, con ella. Mercedes parecía tranquila, acostumbrada al barullo que los rodeaba.

—Es una mala idea —dijo Ashley, mirándolo desde arriba con sus nerviosos ojos cafés—, no hemos pasado el suficiente tiempo juntas. ¿Si vuelvo a arruinarlo todo y...?

—No vas a arruinar nada. Relájate y ve a hacer lo que amas. No te preocupes por la competencia, estás haciendo esto para ti.

—Pero...

—Nada de peros. Confío totalmente en tu habilidad; si no, no te habría traído. Ve y haz lo que mejor haces, y yo estaré aquí, esperando para felicitarte, cuando vuelvas.

Ella inhaló profundo y exhaló lentamente mientras arrancaba el caballo delante de ella.

—Puedo hacer esto —decretó.

Él sonrió.

—Sí que puedes... ¿Ashley?

—¿Sí?

—Si te digo que te amo, ¿te ayudaría a olvidar los nervios?

Ashley se quedó boquiabierta y totalmente inmóvil. Como respuesta, él soltó una alegre risa.

—¡Acaba con ellos, princesa!

Era hora de irse, así que cerró la boca y espoleó a su caballo hacia delante. Él miraba desde el redil, su cuerpo estaba tan tenso como una cuerda de violín, mientras la mujer por la que había perdido la cabeza hacía tiempo, corría como la campeona que podía ser.

El recorrido fue perfecto. Ashley rodeó cada barril de manera impecable. Tras el último giro, voló hacia la cerca, sus brazos se sacudían y su cuerpo se movía en sincronía perfecta con las zancadas de su montura. El cronómetro se detuvo a los 13.899 segundos y Mack dejó escapar un grito de emoción mientras lanzaba su sombrero por los aires.

Trotó hasta donde ella desmontaba, sonriendo como un idiota todo el camino. En el instante en el que sus pies tocaron el suelo, Ashley soltó las riendas y corrió hacia él. Estaba a punto de lanzarse entre sus brazos, pero en el último instante recordó que su espalda todavía no estaba lista para algo así.

Frenó a centímetros de él, lo tomó por las solapas de la camisa y lo atrajo para besarlo justo ahí, frente a los demás competidores. La gente comenzó a silbar y aplaudir, haciéndolo sonreír aunque sus labios seguían tocándose. Cuando ella se apartó, negó con la cabeza.

—Eso no fue nada justo, Jacob Reed McLeroy. No puedes decirle a una mujer que la amas justo antes de que salga a competir.

—Se te olvidaron los nervios, ¿o no? —preguntó con fingida inocencia—. Por si no lo sabías, a veces juego sucio —agregó, moviendo sus cejas para hacerla reír.

—Bueno, pues si tú no lo sabías, resulta que yo también te amo a ti.

Con una sonrisa tan grande que apenas y le cabía en los labios, él se inclinó para besarla de nuevo.

—Bueno, sólo recuerda quién lo dijo primero.

Ella soltó una carcajada mientras caminaban hacia Mercedes, codo a codo.

—Por cierto —agregó Mack, sintiendo cómo la felicidad bullía en su interior—, hace unos días, el entumecimiento de mis manos comenzó a bajar de intensidad. Al fin se lo comenté al doctor y le parece que, al ritmo al que voy mejorando, es muy probable que recupere mi fuerza, después de todo.

Los ojos de ella se iluminaron, llenos de dulce alegría mientras entrelazaba sus manos con las de él.

—Pues parece que tenemos mucho que celebrar esta noche —dijo, satisfecha.

La promesa en su voz hizo que una ola de calor recorriera a Mack de pies a cabeza.

—No voy a dejar que olvides ese plan —replicó él en voz baja.

Ella se puso de puntitas y le besó la mejilla.

—Cuenta con eso, vaquero.

*

Con la emoción de su segundo lugar todavía a flor de piel, Ashley le sonrió al hombre al que había odiado en el pasado y sin el cual era imposible imaginar su vida ahora. Suspiró y se acercó a él, agradecida de que su camioneta tuviera un asiento central con cinturón de seguridad.

—¿Y ahora qué? —preguntó, deleitándose con la sensación de tener su musculoso pecho bajo su mejilla.

Él le acarició el brazo, con un tacto suave y lleno de ternura.

—¿Sabes qué? Estoy disfrutando de quedarme en la orilla para animarte. Es mucho menos doloroso de este lado de la cerca.

Ella rio suavemente, sabiendo que no hablaba realmente en serio.

—Puedes animarme, pero sólo hasta que estés lo suficientemente sano para tu muy esperado y triunfal regreso. Luego tendremos que encontrar una agenda que nos funcione a los dos.

—Bueno, ya que estamos hablando de agendas, hay una cosa más que tendremos que considerar. Hablé con tu tío el otro día. Estaba tan impresionado con las primeras pruebas de la sesión fotográfica, que me ofreció otro contrato de modelaje, esta vez es una campaña nacional para la nueva colonia de Sagebrush, inspirada en el oeste.

Ashley pegó un salto, muy emocionada.

—¿De verdad? ¡Es increíble! Aunque, honestamente, no me sorprende que te quiera otra vez.

Él la miró de reojo, suspicaz.

—Espera un momento... ¿tú le pediste que me ofreciera esta campaña?

—No —respondió ella, negando enfáticamente con la cabeza.

—Entonces, ¿por qué no estás sorprendida?

Ella pestañeó y enunció lo obvio:

—Porque eres el vaquero más sexy que haya anunciado jeans, y si no te quisieran, estarían locos de remate.

Él echó la cabeza hacia atrás y rio vivamente, y ella sintió que su corazón estaba a punto de estallar de alegría.

—¿Sabes, princesa? Yo sabía que por algo especial me había enamorado de ti.

FIN

Acerca de la autora

ERIN KNIGHTLEY es autora de más de una docena de best sellers del *USA Today*, incluyendo siete novelas históricas de romance. Al principio, decidió perseguir una carrera en el campo de las ciencias, pero eventualmente recuperó la cordura, dejando de lado su lado práctico para dedicarse a escribir de tiempo completo. Junto con su alto y guapo esposo, y sus tres consentidos perritos, vive su perpetuo final feliz en Carolina del Norte.

LOS DÍAS EN BEAR MOUNTAIN SON FRÍOS, PERO LAS NOCHES SON CALUROSAS

Allie Fairchild cometió un error cuando se mudó a Montana.
Su alquiler es un desastre, sus colegas en el centro
de traumatismos son hostiles, y el guapo casero,
Dex Belmont está lejos de ser encantador.
Pero justo cuando Allie está a punto de tirar la toalla,
la vida en Bear Mountain da un sorpresivo y sensual vuelco.

**Lee el adelanto de *Noches de invierno*,
disponible en:**

Capítulo 1

ALLIE FAIRCHILD MIRÓ la destartalada cabaña a través de su parabrisas. *Por favor, que alguien me diga que la dirección es incorrecta.* Revolvió las bolsas de comida rápida y demás evidencia de que había vuelto a romper la dieta, en busca del mapa que había impreso. Leyó las indicaciones una y otra vez. Finalmente, segura de que no las había malinterpretado, volvió a contemplar la construcción que le habían anunciado como "encantadora y rústica". Estaba segura de que ahí habían filmado su película de terror favorita: *La cabaña del terror.* De hecho, una parte de ella esperaba que un ejército de zombis devoradores de cerebros saliera detrás de los gruesos pinos que la rodeaban.

El casero, Dex Belmont, le había dicho que la cabaña se localizaba a un par de kilómetros a las afueras de Bear Mountain, Montana, lo cual podía considerarse, sino una mentira, una verdad a medias: el odómetro de su coche indicaba que estaban al menos a unos 15 o 16 kilómetros del límite del pueblo, a un lado de una carretera con tantas curvas que se le había revuelto el estómago... y a la mitad del maldito bosque de Narnia.

Recargó la cabeza en el volante de su Jetta y dejó escapar un suspiro de derrota. Después de 32 años, creía que al fin había tomado una buena decisión: venir a Montana para convertir un centro especializado en traumatismos mal administrado, en uno de los mejores del país, y así borrar todos los baches que la vida le había puesto enfrente y que había sido incapaz de esquivar hasta el momento.

Un fuerte ladrido la hizo pegar un brinco. Del otro lado de su ventana había un enorme perro cuyo hocico estaba prácticamente pegado al cristal, y sus gruñidos hacían que la puerta entera vibrara.

—¡Bluebell! –gritó una gruesa voz.

El sonido que hacía vibrar al auto se detuvo y el perro se sentó, empañando la ventana con su cálido aliento. Allie se llevó la mano al pecho, segura de que su corazón iba a salírsele de entre las costillas. De pronto, la puerta del copiloto se abrió y un hombre se asomó.

—Disculpa si te espantó. Le gusta dar la bienvenida.

Allie parpadeó antes de poder apreciar el cabello castaño con brillos dorados y los ojos verdes que la miraban desde aquel hermoso y bronceado rostro. La sonrisa de niño era amplia y amistosa, y desvaneció de inmediato la sensación de miedo que ella había sentido segundos atrás. Los músculos de sus hombros parecían estirar la ligera camiseta que llevaba y

Allie alcanzó a vislumbrar un tatuaje bajo su manga. Quería ver más.

—¿Siempre te le apareces así a la gente, como si fueras un asesino en serie?

Él alzó las cejas pero no perdió esa sonrisa.

—Por lo general no, pero te estábamos esperando.

Ella carraspeó.

—Bueno, pues eso no ayuda a tu apariencia de acosador.

Él se estiró sobre la consola central para poder ofrecerle la mano.

—Soy Dex Belmont. ¿Allie? ¿Cierto?

¿Este tipo era su casero? Estrechó su mano, titubeante, e intentó ignorar la agradable calidez de su palma contra la de ella. Después de todo, la había atraído hasta su propiedad con un montón de fotos engañosas. Ninguna de las imágenes de la cabaña mostraba el tejado de aspecto dudoso o el hecho de que al porche le faltaba el barandal.

—Sí, soy Allie y tengo un par de cosas que...

—Antes de que empieces, dame un segundo y deja que te abra la puerta.

—Puedo abrir mi puerta, muchas gra... —comenzó ella, pero él azotó la puerta del copiloto antes de que pudiera terminar, y ya pasaba frente al parabrisas— ...cias.

Ella sujetó la manija al mismo tiempo que él, así que cuando se abrió la puerta, Allie prácticamente salió volando y, al caer, quedó frente a frente con el perro. Sus grandes ojos caídos la miraron a centímetros de distancia y un segundo después su lengua enorme le llenó la nariz de baba. Haciendo acopio de sus últimos despojos de dignidad, comenzó a incorporarse, rechazando las manos que él le ofrecía en su intento por ayudarle. Se limpió la nariz con el brazo y se dispuso a mirarlo fríamente. Guau, sí que era alto. Le gustaban así. Sacudió la cabeza para ahuyentar aquellos pensamientos.

—Esto no es en absoluto lo que me prometiste. Dijiste que la cabaña era "acogedora" y...

—Mira, puede que haya exagerado un poco, pero tú llegaste dos semanas antes de lo que esperaba –interrumpió él, cruzándose de brazos. Allie intentó ignorar la manera en que sus músculos se flexionaban mientras la miraba desde arriba con insolencia, como si hubiera sido ella quien hubiera mentido–. Así que te propongo que antes de desgastarte haciendo rabietas, veas el interior, y así te puedo ir contando de todas las mejorías que voy a hacer, ¿te parece?

Lo que Allie quería era meterse de nuevo a su coche y largarse de ahí, pero según el agente de bienes raíces con el que habló, no había nada más para alquilar en esa zona. Podía adquirir una propiedad, pero todavía no estaba lista para esa clase de compromiso. Quería tomarse unos meses y acostumbrarse a Bear Mountain antes de comprar algo. Y, francamente, los pocos moteles que había visto en el camino no tenían mejor pinta.

—Está bien. Te sigo, McDuff.

Esa sonrisa que hizo que su interior cosquilleara volvió, pero su "exterior" se estaba congelando. Se frotó los brazos encima de su delgado suéter.

—¿Cómo es que sólo traes puesta una camiseta? No esperaba que hiciera frío tan pronto –comentó ella.

—Empieza a nevar a mediados de octubre, pero hasta ahora no hemos tenido tormentas –dijo él. La miró por encima del hombro y ella al fin comprendió el significado de la palabra "acogedor"—. En cuanto a mi ropa, suelo ser de sangre caliente. ¿Quieres tocar?

—¡Ay, por favor!

Dex rio mientras subía los escalones del porche.

—Nunca me dijiste por qué decidiste mudarte de Nueva York a Bear Mountain. Me imagino que no es por la vida cultural.

Allie iba a contestar cuando el primer escalón crujió ruidosamente bajo su pie.

—¿Estás seguro de que este piso no va a tragarme?

—Los porches crujen, te lo aseguro. Empecé las remodelaciones por aquí, así que ya reemplacé un montón de piezas y reforcé las demás –dijo. Le tendió la mano desde el escalón superior—. No voy a dejar que te pase nada.

A pesar de la tentación, Allie ignoró su mano y lo dejó atrás, rozándole el pecho con el hombro. Al pasar, le echó un vistazo rápido al perfil definido de sus pectorales, y tragó saliva.

—Estabas a punto de contarme por qué te fuiste.

—Necesitaba volver a empezar y me pareció que el lado rural de Montana era un buen lugar para un cambio. Tan bueno como cualquier otro.

—¿Y qué es lo que vas a hacer aquí exactamente? –inquirió, mientras sostenía la puerta para que ella pasara.

—Voy a dirigir el Hospital de Bear Mountain.

Él parecía escéptico.

—Eres muy joven para tanta responsabilidad.

—Podría trabajar en cualquier hospital de vanguardia, pero quise ir a donde en realidad pudiera ayudar a la gente –replicó Allie fríamente. No quería organizar eventos de caridad o cenas elegantes de "Salvemos a las nutrias", como sus padres—. Y en cuanto a mis capacidades, tengo una doble licenciatura en negocios y enfermería, y una maestría en administración hospitalaria. Puede ser que me vea joven, pero tengo experiencia. Sé perfectamente lo que estoy haciendo, señor Belmont.

Cuando avanzó hacia la puerta, él le bloqueó el paso con un brazo. Se inclinó hasta que sus rostros estuvieron a centímetros de distancia y las palmas de las manos de ella comenzaron a sudar mientras su corazón latía, enloquecido.

—¿Por qué no me llamas Dex?

BOOK**SHⒶTS**

Esta obra se imprimió y encuadernó
en el mes de diciembre de 2017,
en los talleres de Impregráfica Digital, S.A. de C.V.,
Calle España 385, Col. San Nicolás Tolentino,
C.P. 09850, Iztapalapa, Ciudad de México.